소중한 _______________________ 에게

_______________________ 가(이) 선물합니다.

____

비밀의 화원

프랜시스 호즈슨 버넷 지음

미국의 작가로 영국 맨체스터에서 태어나, 3세 때 아버지를 여의고
1865년 미국으로 건너갔습니다. 낮에는 포도 농장에서 일하고 밤에는 소설을 써서
생계를 도왔습니다. 「로리의 딸」(1877)을 발표하며 작품 활동을 시작하여 세상을 떠날 때까지
50권이 넘는 책을 썼습니다. 둘째 아들을 모델로 한 「소공자」(1886)로 크게 성공을 거두었고,
「소공녀」(1905)와 미국 아동 문학의 고전이라 일컫는 「비밀의 화원」(1910)으로
작가로서의 이름을 길이 남겼습니다.

김혜리 엮음

충남 아산에서 태어났으며, 한국일보 신춘문예와 삼성문학상에 각각 동화가 당선되어
작품 활동을 시작했습니다. 지은 책으로는 「은빛 날개를 단 자전거」 「빨간 우체통」 「보보의 모험」
「강물이 가져온 바이올린」 「크게 웃지 마 슬퍼하지도 마 1, 2」 「달려라 미돌이」 「진희의 스케치북」
「미루나무가 쓰는 편지」 「열한 살 아름다운 시작 1, 2」 등이 있습니다.

2023년 7월 25일 2판 6쇄 **펴냄**
2011년 8월 10일 2판 1쇄 **펴냄**
2004년 6월 1일 1판 1쇄 **펴냄**

펴낸곳 (주)효리원
펴낸이 윤종근

지은이 프랜시스 호즈슨 버넷
엮은이 김혜리 · **그린이** 양나리
등록 1990년 12월 20일 · **번호** 2-1108
우편 번호 03147
주소 서울시 종로구 삼일대로 457, 406호
전화 02)3675-5222 · **팩스** 02)765-5222

ⓒ 2004, (주)효리원

ISBN 978-89-281-0116-0 64840
대표 이메일 hyoreewon@hyoreewon.com
홈페이지 www.hyoreewon.com

비밀의 화원

프랜시스 호즈슨 버넷 지음

김혜리 엮음 / 양나리 그림

효 리 원
hyoreewon.com

여러분, 이 책을 읽기 전에 5분 동안만 가만히 눈을 감아 보세요. 머릿속에 무엇이 떠오르나요? 보고 싶은 얼굴? 아름다운 풍경? 그것도 아니면 당장 먹고 싶은 것이 떠오를 수도 있어요. 친구와 싸웠던 장면일 수도 있고, 방금 전에 있었던 일이 그대로 떠오를 수도 있습니다.

나는 눈을 감고 있으면 산과 소나무, 넓은 들과 개울, 강물과 고깃배들이 선명하게 되살아납니다.

내가 왜 이런 말을 하는 줄 아세요? 자연은 이처럼 오랜 시간이 흘러도 우리의 정서 속에서 그리움으로, 아름다운 추억으로 오래오래 살아 있다는 것을 말해 주려는 것이에요.

그렇지만 내가 떠올리는 그런 시골에서는 책 한 권 사기도 무척 어려웠어요. 서점이 없었거든요.

서울에 사는 이모가 보내 주신 동화책은 그래서 무엇보다도 반가운 선물이었어요. 그리고 다행이었던 것은 초등학교 선생님 가운데 처녀 선생님 한 분이 학교 근처에서 자취를 하셨는데, 그 선생님 방 안에는 동화책들이 가득했어요.

　나는 수시로 그 선생님을 찾아가 한 번에 여러 권씩 책을 빌려다 읽었어요.

　그때 읽었던『비밀의 화원』은 몸이 약했던 내게 많은 상상을 하게 했어요. 우리 집 울타리로 서 있던 측백나무에 틈이라도 나 있으면 행여 그 길이 비밀의 화원으로 통하는 곳은 아닌지 기웃거려 보기도 했어요.

　집마당에 나만의 화원을 만들어 놓고 꽃씨를 뿌렸던 적도 있었지요. 그러다가 새싹을 보는 즐거움은 정말 대단했어요. 메리와 콜린처럼 자연을 신기한 눈으로 바라보게 된 거예요.

　하지만 이러한 비밀의 화원은 여러분의 마음속에 가꿀 수도 있어요. 꽃 대신 아름다운 생각을 많이많이 심으면 되거든요. 그러기 위해서 심술쟁이 메리와 어린 임금 콜린의 만남, 그리고 둘 사이를 이어 주는 비밀의 화원이 어떻게 열렸는지 지금부터 자세히 살펴볼까요?

엮은이 김혜리

| 차례 |

머리말 ⋯⋯⋯⋯⋯⋯⋯⋯⋯⋯⋯⋯⋯⋯⋯⋯⋯⋯ 4

고아가 된 메리 ⋯⋯⋯⋯⋯⋯⋯⋯⋯⋯⋯ 8

심술쟁이 메리 ⋯⋯⋯⋯⋯⋯⋯⋯⋯⋯⋯⋯ 18

황무지 길을 지나 ⋯⋯⋯⋯⋯⋯⋯⋯⋯⋯ 29

마사와 벤, 벌새를 만나다 ⋯⋯⋯⋯⋯ 35

이상한 울음소리 ⋯⋯⋯⋯⋯⋯⋯⋯⋯⋯ 50

숨겨진 문의 열쇠 ⋯⋯⋯⋯⋯⋯⋯⋯⋯⋯ 58

디콘과의 만남 ⋯⋯⋯⋯⋯⋯⋯⋯⋯⋯⋯⋯ 70

저에게 땅 좀 빌려 주세요 ⋯⋯⋯⋯⋯ 81

콜린을 찾아내다 ⋯⋯⋯⋯⋯⋯⋯⋯⋯⋯ 87

어린 임금님 ·· 99

벌새의 둥지 ·· 110

콜린의 히스테리 ·· 122

비밀의 화원 ·· 128

나는 오래오래 살 거야 ·· 140

벤 할아버지 ·· 146

해가 질 무렵 ·· 155

건강한 웃음 ·· 167

아버지의 눈물 ·· 176

논리 · 논술 Level Up! ·· 187

고아가 된 메리

메리의 첫인상은 좋지 않았다. 비쩍 마른 몸에 작은 키, 그리고 얼굴은 병색이 돌아 노랗고, 머리카락도 윤기 없는 노란색이었다. 게다가 언제나 심술궂은 표정이었다.

인도를 떠나 고모부 댁이 있는 미셀스와이트 저택에 왔을 때 그곳 사람들은 메리의 모습을 보고 수군거렸다.

메리는 인도에서 태어났는데, 그곳 영국 정부의 관리로 일을 하던 아버지는 늘 일에 바빴고, 몸이 몹시 허약했다. 반면에 어머니는 아름답게 꾸미고 파티에 나가 사람들과 어울리는 것을 무척 좋아했다. 얼굴이 아름다운 그녀는 많은 사람들의 부러움을 샀고, 사람들은 그녀와 함께 이야기하기를 원했다.

그녀는 오랫동안 아름다운 모습을 간직하기 위해 아이를 원하지 않았다. 그런데 뜻하지 않게 메리가 태어나자 그녀는 인도인 유모의 손에 메리를 맡겼다.

유모 아야는 주인의 기분을 잘 맞추는 여자였다. 아이를 싫어하는 부인의 눈에 메리가 나타나지 않게 하려고 애썼고, 매우 조심했다.

메리는 넓은 집 안 한 구석에 숨어 지내다시피 했다. 그러면서도 행여 울기라도 하면 부인의 눈에 띌까 봐 유모는 메리가 원하는 대로 모든 것을 해 주었다. 그 때문에 글을 배워야 할 나이인 여섯 살이 되었을 때 메리는 아주 버릇없는 꼬마가 되어 있었다.

글을 가르치러 왔던 영국인 가정 교사가 석 달 만에 물러나 버렸고, 다른 가정 교사들도 얼마 안 있어 그 집을 떠났다.

다행히 메리는 혼자서 책 읽는 것을 좋아했다. 그것마저 하지 않았다면 메리는 아마 지금껏 글자를 깨치지 못했을 것이다.

메리가 아홉 살 되던 해 여름이었다. 그날 메리는 몹시 불쾌한 기분으로 잠에서 깨어났다. 그런데 메리의 눈에 보이는 것은 지금까지 돌봐 주던 유모 아야가 아니었다.

"왜 네가 여기 있어? 어서 아야를 데려와!"

메리는 하녀에게 짜증을 냈다.

“아가씨, 아야는…… 아야는 이제 여기에 오지 않아요.”

하녀는 더듬거리며 말했다.

메리는 지금까지 해 오던 버릇대로 하녀를 발로 차고 때리면서 아야를 데려올 것을 명령했다. 하지만 하녀는 겁먹은 얼굴로 아야는 이제 올 수 없다고만 말해 주었다.

그날 집 안 분위기는 매우 이상했다. 하인들은 겁에 질린 얼굴로 집 안을 왔다 갔다 했고, 아무도 그 이유를 메리한테 말해 주지 않았다.

메리는 오전 내내 혼자 내버려져 있었다. 심심해진 메리는 베란다 옆에 있는 나무 아래서 놀았다. 놀면서도 하인들이 왜 그러는지, 왜 집 안 분위기가 이상한지 알 수가 없어 문득문득 화가 났다.

“돼지, 돼지! 이 돼지 새끼야!”

메리는 인도 사람들이 가장 싫어하는 욕을 해대기 시작했다.

그때, 어머니가 낯선 젊은 장교와 함께 베란다로 나와 이야기하는 소리가 들렸다. 메리는 어머니를 빤히 올려다보았다. 어머니는 매우 아름다웠다. 사람들은 그런 어머니를 ‘마담 사히브’라고 불렀다. 메리도 어른들을 따라 그 이름을 자주 불렀다.

어머니는 늘 레이스가 뒤덮인 예쁜 옷을 입었다. 커다란 눈에는 웃음기가 가득했다. 그러나 이날 베란다에서 바라본 어머니의 얼굴엔 웃음기가 전혀 없었다. 커다란 눈은 겁먹은 것처럼 보였다.

"뭐라고요? 그러니까 더 나빠지고 있다는 말인가요?"

"무서운 일입니다. 끔찍하기도 하고요. 레녹스 부인, 부인은 2주일 전에 다른 곳으로 피난을 하셨어야 했습니다."

젊은 장교가 몹시 떨리는 목소리로 말했다.

"이럴 수가! 내가 이렇게 어리석을 수가 있나! 미련하게도 파티 때문에 이곳을 떠나지 못하고 있었어요."

그때, 갑자기 하인들의 거처에서 통곡하는 소리가 들려왔다. 어머니는 비틀거리며 젊은 장교의 팔을 꽉 붙잡았고, 메리는 갑자기 닥쳐온 무서움 때문에 온몸이 덜덜 떨렸다.

"이게 무슨 소리죠? 우리 집에 지금 무슨 일이 일어난 거죠?"

"집 안에 누군가 죽은 것 같은데요. 그런데 하인들은 아직 감염되지 않았다고 말씀하셨잖아요?"

"난 정말 모르고 있었어요."

메리의 어머니는 고개까지 저어 가며 대답했다.

"제발! 같이 좀 가 주세요."

메리의 어머니는 앞장서서 집 안으로 사라졌다.

메리는 그제야 어렴풋이 집 안 분위기가 왜 이상한지 알게 되었다. 얼마 전부터 시내에는 콜레라가 번져 사람들이 파리 떼처럼 죽어 가고 있었다. 그 일이 메리네 집에서도 일어난 것이다. 잠시 뒤, 메리는 아야가 콜레라에 감염되었고, 조금 전에 막 숨을 거두었다는 사실을 알게 되었다. 그런데 그것으로 끝이 난 게 아니었다. 다음날 날이 밝기 전에 세 명의 하인이 더 죽었고, 다른 하인들은 병이 옮을까 봐 겁에 질려 도망치고 말았다.

집 안의 혼란을 어느 누구도 수습할 수 없을 것 같았다. 아니, 수습하는 사람이 없는 것 같았다. 곁에 아야가 없는 메리는 집 안 구석진 방에서 혼자 지냈다. 아무도 그런 메리를 챙겨 주거나 돌봐 주지 않았다. 메리는 그곳에서 울면서 시간을 보냈다.

그러던 어느 날, 배가 너무 고파 식당으로 가 보았다. 식탁 위에는 먹다 남은 음식들이 널려 있었다.

음식을 한쪽으로 밀어 놓은 것을 보면 모두 급히 빠져나간 것 같았다. 메리는 과일과 비스킷을 조금 먹었고, 목이 몹시 말라 포도주를 한 잔 따라 마셨다. 방으로 돌아온 메리는 잠이 들었는데, 포도주를 마셨기 때문에 잠에서 쉽게 깨어나지 못했다.

잠이 든 사이에 메리의 주위에서는 많은 일들이 일어났다. 울

부짖는 소리가 사방에서 들렸고, 집 안의 물건들을 밖으로 옮기는 소리가 끊임없이 이어졌다. 하지만 메리는 너무 깊이 잠이 들어서 아무 소리도 듣지 못했다.

그러다 어느 순간 잠에서 깨어난 메리는 밖에서 무슨 소리가 들리는지 벽에 귀를 대고 가만히 있었다. 그러나 집 안은 무척 조용했다.

메리는 콜레라가 어떻게 되었는지 궁금했다. 이제는 누가 자기를 돌봐 줄 것인지도 생각해 보았다. 그러나 한참이 지났는데도 메리에게 와 주는 사람이 없었다.

오히려 그러는 사이에 집 안은 더욱 고요해진 것 같았다.

"밖이 왜 이렇게 조용하지?"

마침내 메리는 밖의 사정이 궁금해 침대에서 일어났다.

그때였다. 사람들의 발소리가 들렸다. 그 소리는 베란다에서, 또는 집 안 여러 곳에서 들려왔다.

사람들이 중얼거리는 소리는 너무 작아서 무슨 말인지 뚜렷이 들리지 않았다. 드디어 이 방 저 방 문을 여는 소리가 가까이에서 들렸다.

"이렇게 온 집 안이 달라지다니! 아름답던 부인도 끝내는 이렇게 처참하게 되다니! 가만, 아이가 하나 있다는 소릴 들었는데,

그 아이는 어디 있을까?”

“어디 죽어 있는지 잘 찾아봐요.”

사람들은 메리가 있는 방으로 가까이 오고 있었다.

잠시 후 메리의 방문을 여는 사람이 있었다. 몸집이 큰 장교였는데, 그는 방 한가운데 서 있는 메리를 보자 깜짝 놀라 뒤로 한 걸음 물러섰다.

“바니! 바니! 이곳에 여자아이가 있네! 오, 하느님! 이런 집 안에 아이가 혼자 있다니! 신이여, 우리에게 자비를 베푸소서!”

몸집이 큰 장교는 큰 소리로 외쳤다. 그런 다음 곧바로 메리에게 물었다.

“얘야, 네 이름이 뭐니?”

“메리 레녹스예요!”

“오! 이 아이가 이 집 안에 숨어서 사는 그 아이였군. 사람들이 그 난리 중에 이 아이를 완전히 잊어버린 모양이야.”

같이 온 사람 가운데 하나가 말했다.

“잊어버려요? 나를요? 왜 하인들이 나를 데리러 오지 않는 거예요?”

메리는 발을 구르며 말했다.

“쯧쯧, 너 혼자 남았구나!”

바니라는 젊은이는 메리를 아주 불쌍한 눈으로 바라보았다.

"애야, 이 집에는 이제 아무도 살고 있지 않단다."

"무, 무슨 말이에요?"

메리는 곧이어 아버지와 어머니가 이 집에 안 계신다는 것을 알았다. 콜레라에 감염된 메리의 부모는 전날 밤 죽어서 밖으로 실려 나갔다. 그리고 남아 있던 하인들은 병이 옮을까 봐 메리가 집 안에 있다는 것도 잊은 채 혼비백산하여 멀리 달아나 버린 것이다. 그래서 메리가 눈을 떴을 때 온 집 안이 그렇게 조용했던 것이다.

심술쟁이 메리

혼자 남은 메리는 돌아가신 어머니를 생각해 보았다. 늘 먼발치에서만 바라보아서인지, 보고 싶다거나 슬프다는 느낌이 전혀 없었다. 철없는 메리는 어머니보다 유모 아야처럼 자신을 돌봐 줄 사람이 필요하다는 생각을 했다.

메리는 영국인 목사의 집에 맡겨졌다. 목사의 집은 매우 가난했고, 아이가 다섯 명이나 되었다. 비슷비슷한 나이의 다섯 아이는 남루한 옷차림에다 항상 말다툼을 했다. 장난감을 서로 가지겠다고 낚아채는 것은 보통이었다.

메리는 지저분한 그 집이 좀처럼 마음에 들지 않았다. 그래서 메리는 아이들에게 불친절했고, 아이들도 메리하고는 어울리려

하지 않았다. 게다가 아이들은 메리에게 이상한 별명을 붙여, 메리는 그것에 몹시 화가 나 있었다.

어느 날, 메리는 나무 아래에서 혼자 흙장난을 하고 있었다. 흙으로 정원을 만들고 길을 내고 있는데, 목사의 아들 베즐이 다가왔다. 베즐은 메리를 한참 지켜보더니 갑자기 참견을 했다.

하지만 메리는 나이도 아래인 베즐이 건방져 보여 마음에 들지 않았다. 게다가 베즐은 메리가 싫어하는 파란 눈에 들창코였다.

"거기에다 돌을 쌓아서 산을 만들지 그러니? 여기, 이곳에 말이야!"

베즐이 다가와 메리 위로 몸을 구부렸다.

"저리 비켜! 난 남자애가 싫어! 남자애들하고는 놀기 싫단 말야! 꺼져 버려!"

메리는 악을 쓰듯 소리쳤다. 베즐은 몹시 화가 났다. 얼굴을 찡그리고 메리를 무섭게 노려보았다. 그러나 곧 자신의 여동생을 놀려 대듯 메리를 놀려 대기 시작했다.

심술쟁이 메리야
네가 만든 정원이
겨우겨우 그 정도냐?

은방울꽃 하나 심어 놓고

조개 껍데기 몇 개 갖다 놓고

금잔화도 한 줄 나란히 있고

베즐이 놀려 대자 다른 아이들도 쫓아와 웃음을 터뜨렸다.

메리는 화가 나서 소리를 질렀지만, 그럴수록 아이들은 더욱더 큰 소리로 놀려 댔다. 그 바람에 메리는 노랫말처럼 '심술쟁이 메리'가 되어 버렸다. 베즐은 그 뒤에도 툭 하면 메리를 그렇게 불렀다.

그러던 어느 날이었다. 베즐이 메리에게 이렇게 말했다.

"주말에 너 영국 집으로 돌아간다며? 아이고, 좋아라!"

"그게 사실이라면 나도 얼마나 좋겠니! 그런데 우리 집이 어디지?"

"자기 집도 모르는 바보! 너는 고모부 댁에 가는 거란 말야. 이름이 아처볼드 크레이븐이라고 하던데?"

베즐은 메리를 업신여기듯 말했다.

"난 그런 사람 몰라!"

"그렇겠지. 넌 아는 게 없으니까. 엄마 아빠가 하시는 말씀을 들었는데, 네 고모부는 시골에 있는 오래된 저택에서 살고 있대.

성질이 아주 괴팍해서 아무도 그 사람 옆에는 가지 않는다더라. 왜냐하면, 너희 고모부는 바로 꼽추, 꼽추거든!”

“아니야, 아닐 거야! 네 말은 믿을 수가 없어!”

메리는 머리를 마구 흔들었다. 그러나 메리는 베즐이 한 말을 머릿속에 계속 되새기고 있었다.

그날 밤, 목사 부부가 메리를 불렀다. 며칠 있으면 배를 타고 영국에 있는 고모부 댁에 가게 된다는 것이었다. 고모부는 미셀 스와이트 저택에 살고 있다고 했다. 하지만 이야기를 듣는 메리는 무표정한 얼굴이었다.

목사 부부는 그런 메리를 보며 어찌할 바를 몰랐다. 그동안 어린 메리에게 친절하게 대하려고 노력했지만, 메리는 언제나 그런 식으로 마음의 문을 닫고 있었다. 마지막으로 부인이 키스해 주려고 하자, 메리는 고개를 돌려 버렸다.

며칠 뒤, 메리는 한 장교 부인을 따라 영국까지 여행을 하게 되었다. 그러나 영국에 있는 학교에 자신의 아이들을 입학시키려고 가는 부인은, 자기 아이들을 챙기는 일만으로도 매우 힘들어했다. 그러다 보니 메리는 여행길에서도 다른 사람의 도움을 전혀 받지 못했다.

메리가 영국에 도착했을 때 마중 나온 사람은 미셀스와이트 저택의 가정부인 메들록 부인이었다. 그 부인은 눈매가 날카롭고, 새빨간 뺨에 검은 눈을 가진 아주 건장한 여자였다. 진한 보라색에 까만색 술이 달린 실크 망토를 두르고, 꽃을 꽂은 검은색 보닛을 머리에 쓰고 있었다.

"어쩜! 이렇게 못생긴 아이가 다 있을까요? 엄마가 꽤 미인이었다고 들었는데, 저 애한테는 전혀 물려주지 않은 것 같군요. 그렇죠, 부인?"

"아이들은 커 가면서 달라진답니다. 이목구비가 뚜렷한 걸 보면 나아질 거예요. 아이들은 열두 번도 더 변한다잖아요."

장교 부인은 상냥하게 말했다.

"아이가 변해도 아주 많이 변해야겠네요. 그러나 미셸스와이트에는 아이들을 나아지게 할 것이 없거든요."

메들록 부인은 이렇게 대꾸했다. 메리는 지금까지 다른 사람이 자신의 마음에 들지 않아서 불만이었지, 자기 자신이 다른 사람한테 그렇게 보이리라고는 생각도 못 했다.

메리는 메들록 부인이 영 마음에 들지 않았다. 그래서 다음날 요크셔 행 기차를 타러 갈 때도 다른 사람들이 자신을 메들록 부인의 딸로 생각할까 봐 부인과 되도록 멀리 떨어져 걸었다.

메리는 기차 안에서도 장갑 낀 손을 무릎에 올려놓고 의자 한

쪽에 얌전히 앉아 있었다. 메리는 검은 옷을 입고 있어서 얼굴이
더욱 노랗게 보였고, 윤기 없는 머리카락은 아무렇게나 흩어져
있었다. 메들록 부인은 그런 메리를 한참 동안 물끄러미 바라보
았다.

"아가씨, 고모부에 대해 알고 있는 것이 있나요?"

"아니요."

메리는 고개를 저었다.

"내가 미리 말을 해야 마음의 준비라도 할 수 있을 것 같아요. 아가씨가 가는 곳은 좀 색다른 곳이라서요."

메리는 아무 대꾸도 하지 않았다. 메들록 부인은 맥이 빠진 얼굴로 이야기를 계속 했다.

"아가씨가 가는 곳은 크고 넓은 곳이에요. 주인님도 아주 자랑스럽게 생각하지요. 방이 백 개도 더 되고, 그 안에는 그림이랑 골동품, 그리고 훌륭한 옛 가구들이 가득하지요. 사방은 넓은 정원으로 둘러싸여 있어요. 그런데 그곳은 음침해요. 그리고 황무지 끝에 자리하고 있지요. 6백 년이나 된 집인데, 대부분의 방은 굳게 잠겨 있어요. 그게 전부예요."

메들록 부인은 거기까지 말을 하고 입을 다물었다. 하지만 금세 무엇이 생각났는지 다시 입을 열었다.

"주인님은……, 그러니까 아가씨의 고모부는 등이 굽었어요. 그러다 보니 그분의 마음도 비뚤어지게 되었지요. 결혼하기 전에는 더 심했답니다."

메리는 계속 관심 없는 것처럼 보이려고 했으나, 꼽추가 결혼 어쩌고 하는 말을 들으니 궁금해서 가만히 있을 수가 없었다. 메들록 부인은 메리가 반응을 보이자 신이 나서 이야기했다.

“마님은 아름답고 사랑스러운 분이었어요. 마음씨도 고왔고요. 주인님은 마님의 말이라면 무엇이든지 다 들어주었어요. 그렇게 곱고 착한 분이 주인님과 결혼하리라고는 아무도 생각지 못했어요. 사람들은 마님이 돈 때문에 주인님과 결혼했다고 수군거렸어요. 하지만 그건 잘못된 생각이었어요. 마님이 돌아가셨을 때…….”

“네? 돌아가셨어요?”

메리는 놀라 자신도 모르게 큰 소리로 말했다.

“마님은 돌아가셨어요. 그 후로 주인님은 더욱 이상해지셨어요. 두 분 사이가 얼마나 좋았는지 그제야 모두들 알게 된 것이지요. 지금도 주인님은 아무하고도 만나려 하지 않아요. 여행을 많이 하시는데, 어쩌다 미셀스와이트에 계실 때는 서쪽에 있는 건물에 틀어박혀 나오지를 않으세요. 피처 씨 외에는 만나지 않으시지요. 피처 씨는 주인님이 어려서부터 옆에 있어서 주인님의 뜻을 잘 헤아리거든요.”

메리는 동화 같은 그 이야기를 입을 꾹 다문 채 듣고 있었다.

“아가씨한테 부탁하겠어요. 그곳에 가서 주인님을 만나려고 해선 안 돼요. 알겠어요? 그곳에서는 아가씨를 돌봐 줄 사람이 따로 없어요. 그러니까 아가씨 일은 아가씨가 알아서 해야 한다는

말이지요. 그리고 집 안 어느 방이든 함부로 들어가서도 안 돼
요. 정원이 아주 넓긴 하지만 그곳도 마음대로 들락거려선 안 돼
요. 왜냐고요? 주인님이 싫어하시기 때문이에요.”

“난 아무 곳에나 함부로 돌아다니지 않아요!”

메리는 기분 나쁜 목소리로 말했다. 그러면서 생각했다.

‘황무지 끝에 백 개나 되는 방이 있는 집. 게다가 그곳에는 얼
굴도 끔찍하게 생겼을 고모부가 살고 있다. 그 고모부는 나를 방
에다 꼭꼭 가두어 둘 것이다.’

메리는 거기까지 생각하다 한 가지 결론을 내렸다. 고모부가
그렇게 불행한 일을 당하게 된 것은, 그런 명령만을 골라 내리는
사람이기 때문이라고.

메리는 창밖으로 고개를 돌렸다. 밖에는 어느새 비가 내리고
있었다. 우울한 그 비는 메리의 마음을 그대로 담고 있었다.

황무지 길을 지나

얼마쯤 잤는지 기억이 없었다. 다만 잠에서 깨자 메들록 부인이 준비해 온 도시락을 메리에게 건네주었다. 창밖의 비는 더욱 세차게 내리고 있었다. 배가 부른 메리는 빗소리를 들으며 다시 잠에 빠져들었다.

메들록 부인이 흔들어 깨우는 바람에 메리는 눈을 떴다. 창밖을 보니 사방이 꽤 어두웠고, 기차는 어느 역에 멈춰 있었다.

"일어나세요! 여기서 내려야 해요. 미셀스와이트 역이에요. 빨리 내려서 마차를 타야 해요."

메들록 부인이 짐을 챙겼다. 하지만 메리는 우두커니 서서 바라보기만 했다. 지금까지 메리는 모든 것을 하인들이 알아서 챙겨 주었기 때문이다. 메들록 부인은 그런 메리를 어처구니없다는 듯이 바라보았지만, 그것으로 그만이었다. 서둘지 않으면 안 되었기 때문이다. 역에서 내린 사람은 둘뿐이었다. 곧이어 두 사람은 기다리고 있는 마차를 탔다.

'드디어 이상한 저택으로 가는구나! 그곳에서 꼭 무슨 일이 일어날 것만 같아.'

메리는 메들록 부인을 바라보며 불쑥 물었다.

"황무지가 뭐예요?"

"10분쯤 있다가 밖을 내다보면 저절로 알게 돼요. 저택에 도착하려면 미셸 황무지를 8킬로미터나 지나야 하거든요. 지금 밖이 어두워서 자세히 볼 수는 없지만 대충 짐작이 될 거예요."

메리는 메들록 부인에게 더 이상 묻고 싶지 않았다.

밖을 보니 무척 깜깜했다. 마차의 불빛만이 지나가는 길 주변을 밝혀 줄 뿐이었다. 그런데 잠시 뒤 마차의 불빛에 어렴풋이 보이는 것들이 있었다. 오두막집과 선술집의 불빛, 그리고 교회와 목사관, 여러 가지 물건을 파는 조그만 가게의 진열장이 보였다. 넓은 길로 들어섰을 때는 생나무 울타리와 나무숲도 보였다. 그런 경치는 한참 동안이나 계속 되었다.

마차가 오르막길로 들어섰을 때는 주변에 아무것도 보이지 않았다. 어둠만 사방을 덮고 있었다. 메리는 창에다 얼굴을 바싹 대 보았다. 세차게 부는 바람 소리가 들렸다. 그런데 그 순간 마차가 덜컹거리면서 위로 튀어올랐다.

"이제부터 황무지에 접어들었어요! 여기는 히스꽃이나 회양목 밖에는 자라지 않아요. 그만큼 거친 땅이지요. 넓기는 또 얼마나 넓은지, 양 떼나 야생말들이 뛰어다니며 살 수 있는 곳이지요."

메리는 밖을 살펴보았다. 마차가 나지막한 덤불 사이를 지나가고 있는 것 같았다. 바람 소리는 점점 더 크게 들렸다.

"여기가 바다라면 말이에요……. 지금 막 파도 소리가 들리는 것 같았어요."

메리의 말에 메들록 부인이 말했다.

"그건 덤불 사이를 지나가는 바람 소리지요. 나중에 보면 알겠지만, 이곳은 아주 거칠고 황폐하답니다. 하지만 이런 곳을 좋아하는 사람도 있어요. 특히 히스꽃이 필 때는 말이에요."

메들록 부인의 목소리는 매우 부드러웠다. 그러나 메리는 속으로 이렇게 중얼거렸다.

'그래도 난 황무지가 싫어!'

마차가 고갯길을 오르자 황무지에 들어선 뒤 처음으로 노란 불빛이 보였다.

"어휴! 불빛을 보니 반갑군요. 이제 곧 저곳에서 따뜻한 차를 마시게 될 거예요."

메리는 물끄러미 그 불빛을 바라보았다. 그러나 메들록 부인이 말한 '곧'은 끝이 없었다. 정문에 들어서고도 그곳까지는 3킬로미터나 더 달려야 했다. 그 길 양쪽에는 나무들이 아치 모양으로 늘어서 있었다.

마침내 마차는 아치길을 빠져나가 크고 긴 어느 건물 앞에 멈추었다. 그 건물은 높지 않았으나 매우 길었다. 현관문은 거대한 참나무로 만들어져 있었으며, 참나무 판지에는 커다란 쇠못을 박았고, 그것을 다시 커다란 쇠막대에 연결해 놓았다.

현관문을 열자 넓은 홀이 나타났다. 가장 먼저 눈에 띈 것은 벽에 걸린 초상화였다. 초상화 속 인물은 갑옷을 입고 있었는데, 흐린 불빛 탓인지 메리에게는 너무 무섭게 보였다. 대리석 바닥에 서 있는 자신도 마치 초상화의 입상처럼 보일 듯싶었다. 어디서 나타났는지 단정한 옷차림을 한 노인이 쉰 듯한 목소리로 말했다.

"아가씨를 방으로 데려가 주시오. 주인님은 지금 아가씨를 만나고 싶지 않다고 하셨다오. 주인님은 내일 아침 일찍 런던으로 떠나실 것이오."

"분부대로 하겠습니다, 피처 씨. 자세히 말씀하지 않으셔도 어떻게 해야 할지 잘 알고 있습니다."

메들록 부인은 그렇게 말한 다음 메리를 데리고 계단을 올라갔다. 둘은 계단을 따라 걷다가 기다란 복도를 지나 다시 계단을 올라갔다. 그런 다음 또다른 복도를 몇 개 지난 뒤 문이 열려 있는 방으로 들어갔다. 그 방의 벽난로에는 불이 활활 타오르고 있었다. 탁자 위에는 저녁이 차려져 있었다.

메들록 부인이 상냥하게 말했다.

"여기가 아가씨가 쓰실 방이에요. 이 방과 바로 옆방을 함께 쓰실 수 있어요. 아가씨는 여기서만 지내야 해요. 올 때도 이야기했지만 여기저기 돌아다니거나 집 안을 살펴보려고 하지 마세요. 내 말 잊지 마세요. 잊으면 안 됩니다!"

메리는 그렇게 미셀스와이트 저택에 도착했다.

마사와 벤, 벌새를 만나다

다음날 아침, 메리는 무엇인가를 긁는 소리에 눈을 떴다. 젊은 하녀 마사가 난로 앞에 무릎을 꿇고 앉아서 재를 긁어모으고 있었다. 메리는 누운 채 마사를 지켜보다가 방 안을 둘러보았다. 어젯밤에는 몰랐는데 방이 매우 음침했다. 창밖으로는 넓고 넓은 들판이 마치 끝없는 보랏빛 바다처럼 펼쳐져 있었다.

"저것이 무엇이지?"

메리가 창밖을 가리키며 물었다. 마사는 메리가 가리키는 곳을 보며 대답했다.

"저건 황무지예요. 아가씨 마음에 드세요?"

"아니! 난 싫어!"

“낯설어서 그럴 거예요. 조금 지내다 보면 저 황무지가 좋아질 거예요.”

마사는 벽난로 쪽으로 고개를 돌리며 말했다.

“넌 저곳이 좋으니?”

“네, 저는 저 황무지를 좋아해요. 지금은 텅 비어 보이지만 조금 있으면 조그맣고 예쁜 풀과 꽃들이 뒤덮일 거예요. 또 향기로운 히스꽃과 가시금잔화도 피어요. 아름답기도 하지만 달콤한 꿀 냄새가 코를 찌르지요. 그 냄새를 좇아 벌 떼가 찾아오고, 신이 난 종달새는 높이 날아오르며 노래하지요. 게다가 공기도 맑고 넓은 하늘까지 펼쳐져 있어서, 전 그 무엇하고도 바꾸고 싶지 않아요.”

마사는 연료받이 쇠막대를 윤이 나게 닦으면서 이야기했다. 메리는 순간 당황했다. 인도의 하인들은 고분고분하기만 했지 주인들과 오래 대화를 나누는 것은 있을 수 없는 일이었다.

메리는 인도에서처럼 거만하게 물었다.

“네가 내 하녀냐?”

“저는 메들록 부인의 하녀예요. 메들록 부인은 크레이븐 주인님의 하녀고요. 하지만 위층에서 일을 하니까 아가씨의 시중을 들 수 있을 거예요. 스스로 하실 줄 아는 나이니까 별로 도와드릴

일은 없겠지만요."

마사는 또박또박 분명하게 말했다.

"그럼 내 옷은 누가 입혀 주지?"

마사는 메리의 말을 듣고 깜짝 놀라 앉았던 자리에서 벌떡 일어섰다.

"옷도 입을 줄 모른다고요?"

마사는 사투리를 섞어 가며 말했다.

"무슨 소리지?"

"죄송합니다. 메들록 부인이 사투리를 쓰지 말라고 주의를 주셨는데 놀라는 바람에 깜빡 잊었어요. 아가씨는 자기 옷도 입을 줄 모르냐고 물었어요."

"못 입어! 난 지금까지 유모가 옷을 입혀 주었어!"

메리는 버럭 소리를 질렀다.

"그렇다면 이제부터 옷 입는 방법부터 배워야겠네요."

"인도에서는 그렇게 하지 않았어!"

메리는 마사를 경멸하듯 큰 소리로 말했다. 그런데도 마사는 막무가내였다.

"인도는 검둥이들이 우글거리는 곳이잖아요. 저는 아가씨도 검둥인 줄 알았다고요."

"뭐? 내가 검둥인 줄 알았어? 이 돼지 같은……. 넌 돼지야!"

이번에는 메리가 화가 나서 벌떡 일어섰다.

"누구한테 함부로 욕하고 그러세요? 숙녀가 되려면 그렇게 해선 안 돼요!"

"네가 날 검둥이로 생각했다면서? 감히 하인 주제에! 네가 인도가 어떤 곳인지 알기나 해?"

메리는 미친 듯이 소리치다 베개에 얼굴을 묻고 흐느끼기 시작했다.

마음씨 좋은 마사는 메리의 행동을 보고 조금 놀랐다. 마사는 메리의 침대 가까이로 다가가 조용히 달래듯이 말했다.

"울지 마세요. 아가씨 말대로 저는 아는 것이 없어요. 그래서 말이 그렇게 나온 거예요. 용서하세요, 네? 아가씨!"

마사는 애원하듯 말했다.

메리는 마사에게서 따뜻한 정을 느낄 수 있었다. 메리가 울음을 그치자, 마사는 옷장에서 옷을 꺼내 왔다.

"그건 내 옷이 아니야. 내 옷은 까만색이야."

"이건 주인님이 메들록 부인을 시켜 런던에서 사 온 거예요."

마사는 그 옷을 메리에게 입혀 주면서 이런 아이는 처음이라고 생각했다. 메리는 마치 손발이 없는 것처럼 가만히 있었다.

“신발도 못 신어요?”

“그것도 하녀가 신겨 주었어. 여긴 왜 다르지?”

메리는 너무나 당연하다는 듯이 말했다.

마사는 메리의 기분을 상하게 하고 싶지 않았다. 자신이 조금만 더 수고하면 메리가 금세 이 저택의 관습에 익숙해지리라고 생각했다.

“아가씨가 제 동생들을 만나 보면 알 거예요. 우리 집에는 형제가 열두 명인데, 아버지가 벌어 오는 돈은 일주일에 16실링밖에 되지 않아요. 그 돈은 우리 식구가 죽을 먹기에도 모자라요. 하지만 그렇게 먹고도 우리 동생들은 하루 종일 들판에 나가 뛰어놀아요. 어머니는 맑은 공기가 아이들을 살찌게 한다고 말씀하시지요. 디콘은 열두 살인데, 망아지를 붙잡아서 제 것이라고 귀여워하고 있어요.”

“망아지를 어디서 잡았는데?”

“새끼 때 황무지에 어미랑 함께 있는 것을 본 뒤로 친구가 되었어요. 디콘은 친절하고 정이 많아서 동물들이 잘 따르는 편이지요.”

메리는 애완 동물을 가져 본 적이 없었다. 하지만 갖고 싶다는 생각은 가끔 했다. 그래서 마사의 동생 디콘에게 마음이 끌렸다.

메리와 마사는 옆방으로 갔다. 그곳 벽에는 옛날 그림이 걸려 있었고, 무겁고 오래된 참나무 의자가 놓여 있었다. 탁자에는 맛있는 음식도 차려져 있었다. 그러나 메리는 통 먹고 싶은 마음이 없었다.

"제 동생들이라면 이런 음식은 눈 깜짝 할 사이에 해치웠을 거예요. 그 애들은 1년 내내 배를 곯고 있거든요. 병아리나 여우 새끼들처럼 항상 배고파한답니다."

메리는 마사의 말에 심드렁하게 대구했다.

"난 배고픈 게 뭔지 몰라."

메리는 차를 조금 마시고 나서, 토스트와 마멀레이드도 조금 먹었다.

"따뜻하게 옷을 입고 밖에 나가 뛰어놀아요. 그러면 몸도 건강해지고 배도 고파져서 음식 맛이 좋아질 거예요."

"밖에 나가 놀라고? 뭐 하러 밖에 나가?"

"밖에 안 나가면 하루 종일 이곳에만 있어야 하는데 답답하지 않겠어요? 여기서 뭘 할 거예요?"

메리는 방 안을 두리번거렸다. 마사의 말처럼 그곳에는 가지고 놀 장난감이 아무것도 없었다. 메리는 마사의 말대로 밖에 나가 정원이라도 둘러보는 게 나을 것 같다고 생각했다.

“누가 나랑 같이 나가 줄 거지?”

마사는 눈을 동그랗게 뜨고 메리를 쳐다보았다.

“혼자 나가야지요. 제 동생 디콘은 혼자 나가서 몇 시간이고 놀다 옵니다. 그러다 보니 망아지하고도 친구가 되고 양들도 디콘을 알아보지요. 새들도 디콘이 주는 먹이를 받아 먹는다니까요.”

메리가 밖에 나가 보고 싶다는 생각을 하게 된 것은 바로 디콘에 대한 이야기 때문이었다.

메리는 또 생각했다. 밖에 나가면 망아지나 양들은 없어도 새들은 있을 것 같았다.

마사는 메리에게 외투와 모자, 그리고 장화를 신겨 주었다.

“저쪽으로 돌아가면 정원이 있어요. 하지만 지금은 아무것도 보이지 않을 거예요.”

마사는 생나무 울타리 속에 있는 문을 가리켰다. 그리고 잠시 머뭇거리다 다음과 같은 말을 덧붙였다.

“정원 하나는 문을 잠가 놓았어요. 지난 10년 동안 아무도 들어가 보지 않았답니다.”

“왜 그런 거야?”

메리는 호기심이 나서 물었다.

“마님이 돌아가신 뒤 주인님께서 아무도 들어가지 못하게 잠가 버렸답니다. 그 정원은 마님의 정원이었으니까요. 문을 잠그고 열쇠는 땅속에 묻어 버렸대요. 어머나! 메들록 부인이 종을 울리네요. 가 봐야겠어요.”

마사가 나가고 난 뒤, 메리는 생울타리 사이로 난 문으로 달려갔다. 메리는 10년 동안이나 문을 잠가 놓았다는 정원을 생각했다. 그곳이 어떻게 생겼는지, 그리고 꽃들이 아직도 살아 있는지 무척 궁금했다. 생나무 울타리 속 문을 들어서자 넓은 잔디밭에 구불구불한 길이 드러났다. 그곳에는 나무와 꽃밭, 그리고 이상한 모양으로 다듬어 놓은 상록수들이 줄지어 서 있었다. 커다란 연못에는 분수도 있었다. 그러나 꽃밭은 텅 비어 있었고, 분수에는 물이 메말라 있었다.

메리는 길 끝에서 담쟁이덩굴로 둘러싸인 담을 보았다. 가까이 가서 보니 담쟁이덩굴 사이로 초록색 문이 보였다. 그 문은 열려 있었다. 메리는 안으로 들어가 보았다.

높은 담으로 둘러쌓은 그곳은 여러 개의 화원 가운데 하나일 뿐이었다. 담을 따라 과일 나무가 서 있었고, 온실도 여러 개 있었다. 메리는 열려 있는 또 다른 초록색 문을 보았다. 그런데 갑자기 그곳에서 어깨에 삽을 멘 노인이 걸어 나왔다. 노인은 메리를 보고 잠시 놀라는 표정을 지었지만, 이내 모자에 손을 대며 인사를 했다. 정원사 노인이었다. 노인은 메리를 보고 반가워하지 않았다.

"여기는 뭐 하는 곳이에요?"

"보면 모르세요? 채소밭이잖아요."

정원사 노인은 퉁명스럽게 대답했다.

"저쪽은요?"

"그것도 채소밭이에요. 저쪽은 과수원이고……."

"저쪽에 가 봐도 돼요?"

"그러세요. 하지만 볼 것은 없답니다."

메리는 두 번째 초록색 문을 지나 안으로 들어갔다.

담 쪽으로 닫혀 있는 또 다른 문이 있었다. 메리는 그 문을 보면서 다시 10년 동안 아무도 들어가 보지 못한 정원을 생각했다. 그러나 그곳의 문은 쉽게 열렸다.

정원사 노인의 말처럼 그곳은 과수원이었다. 겨울이라 그런지 누렇게 된 풀밭에 앙상한 과일 나무들만 서 있었다. 실망한 메리는 과수원을 지나 위쪽으로 더 올라가 보았다. 틀림없이 그 너머에도 화원이 있는 것 같은데, 담쟁이덩굴로 뒤덮여 있어 아무것도 보이지 않았다.

그때 높은 나뭇가지에서 가슴이 붉은 새 한 마리가 노래를 부

르기 시작했다. 메리는 그 새가 날아갈 때까지 노랫소리에 귀를 기울였다. 노래를 들으면서 메리는 어쩌면 그 새는 비밀의 화원을 알고 있을지도 모른다는 생각을 했다.

메리가 첫번째 채소밭으로 다시 되돌아갔을 때, 노인은 여전히 땅을 파고 있었다. 노인은 메리가 다가가도 모른 체했다.

"다른 정원에도 가 보았어요."

"들어가지 말라는 법은 없으니까요."

"과수원에도 갔었어요."

"지키는 개가 없으니까 들어갈 수 있지요."

"그곳에는 더 안쪽으로 통하는 문이 없었어요."

"무슨 문을 말하나요?"

노인은 땅을 파다 말고 거친 목소리로 물었다.

"나무가 아주 많았어요. 거기서 가슴이 붉은 새도 만났어요."

노인의 얼굴에 갑자기 미소가 번졌다. 그 모습은 아주 딴사람처럼 보일 정도였다.

노인은 과수원 쪽을 향해 휘파람을 불었다. 곧이어 공중에서 날개 치는 소리가 들렸다. 가슴이 붉은 새는 노인의 발 아래 흙덩이 위에 내려앉았다.

"이 녀석아, 벌써 오면 어쩌노. 철도 아닌데 짝을 찾으러 돌아다니냐? 너무 멀리 가면 안 된다."

노인은 마치 아이들한테 하듯 새에게 말을 했다.

"할아버지가 부르면 언제든지 오나요?"

메리가 작은 소리로 물었다.

"언제든지 오지요. 알에서 깨어날 때부터 친구였으니까요. 이 새는 저기 있는 둥우리에서 날아왔는데, 날개에 힘이 없어 제 집으로 돌아가지 못했어요. 사나흘 데리고 있는 동안 친구가 되었지요"

"저건 무슨 새예요?"

"그것도 몰라요? 벌새잖아요. 혼자서도 용기를 잃지 않고 잘 살아가고 있어요."

메리는 벌새 옆으로 다가가 가만히 들여다보았다.

"벌새야, 나도 너처럼 이 세상에 혼자란다."

정원사 노인이 메리를 바라보았다.

"할아버지는 이름이 뭐예요?"

"벤 웨더스타프요. 나도 혼잡니다. 이 벌새가 오기 전까지는 말이오."

정원사 노인은 그렇게 말하면서 껄껄 웃었다.

"나도 친구가 없어요."

“아가씨와 나는 비슷한 점이 많아요. 혼자인 것도 그렇고, 심술궂은 모습이랑 고약한 성질에 고집이 센 것까지 말이오.”

메리는 지금까지 자신에 대해 솔직하게 말하는 사람을 보지 못했다. 자신의 생김새에 대해 생각해 본 일도 없지만, 남에게 어떻게 보일지 생각해 본 적도 없었다. 그래서 정원사 노인의 말을 듣고 마음이 편치 않았다.

그때 작은 벌새가 메리 옆에 있는 사과나무 가지에 앉아 노래를 부르기 시작했다. 그걸 보고 벤 할아버지가 웃음을 터뜨렸다.

“저 녀석이 아가씨를 좋아하나 봅니다. 아가씨와 친구가 되고 싶다고 하네요.”

“정말요? 벌새야, 너 정말 나하고 친구 할 거니?”

메리의 상냥한 목소리를 듣고 이번에는 벤 할아버지가 깜짝 놀라 눈을 동그랗게 떴다.

“이제야 귀여운 아이처럼 말하는군요. 황무지에서 디콘이 동물들하고 이야기하는 것과 똑같아 보여요.”

“할아버지도 디콘을 아세요?”

“여기서는 디콘을 모르는 사람이 없어요. 그 아이는 사방을 돌아다니니까요. 나무딸기나 히스꽃도 알고 있을걸요?”

메리는 디콘에 대해 더 알고 싶었다. 그런데 그때 벌새가 날개를 펴고 화원 쪽으로 날아갔다.

"어머나, 벌새가 화원으로 날아갔어요! 문이 없는 화원 쪽으로 갔어요!"

"그곳이 벌새의 집이니까요. 오래된 장미나무들 사이에 사는 짝을 찾아간 걸 거예요."

"그곳에 장미나무가 있어요?"

"10년 전에는 있었어요."

"나도 보고 싶어요. 그곳으로 들어가는 문이 어디 있어요?"

벤 할아버지는 갑자기 무뚝뚝한 목소리로 말했다.

"그건 아무도 못 찾습니다. 나는 일하러 가야 하니까 아가씨는 다른 곳으로 가서 놀아요."

벤 할아버지는 그렇게 말한 뒤 삽을 둘러메고 다른 쪽으로 걸어갔다.

이상한 울음소리

　날마다 똑같은 생활이 계속되었다. 아침에 일어나면 마사는 난로에 불을 피웠다. 메리는 아침을 먹고 나서 창밖으로 황무지를 바라보거나 정원으로 나가곤 했다.

　메리는 가로수 길을 빠른 걸음으로 걷기도 하고, 황무지에서 불어 오는 바람을 안고 숨을 헐떡이며 달리기도 했다.

　그런 일들이 자신을 건강하게 한다는 것을 메리는 알지 못했다. 메리의 볼은 점점 빨개졌고, 눈에는 생기가 돌았다.

　어느 날 아침, 메리는 잠에서 깨었을 때 배가 고픈 것을 느꼈다. 메리는 먹지 않던 수프를 깨끗이 먹었다.

　아침을 먹은 다음 정원의 바깥쪽에 난 산책길로 걸어갔다. 그런데 어느 한 부분이 다른 곳보다 짙푸른 잎이 덮여 있는 것처럼 보였다. 다른 곳은 벤 할아버지가 깔끔하게 다듬어 놓았는데, 그곳은 어쩐지 달라 보였다. 메리는 호기심을 가지고 들여다보다가 벌새가 날아와 이야기를 나누었다.

그 즈음 메리는 미셸스와이트 저택에 온 것을 잘된 일이라고 생각했다. 호기심거리도 많았고, 흥미를 느끼게 된 것도 많았기 때문이다.

어느 날, 메리는 궁금하게 여기던 것을 마사에게 물었다.

"고모부는 왜 그 정원을 싫어하시지?"

마사는 하는 수 없다는 듯이 알고 있는 것을 털어놓았다.

"메들록 부인이 아무한테도 말하면 안 된다고 했는데……. 그 정원은 마님이 결혼하자마자 만드신 거예요. 마님은 그 정원을 너무나 좋아하셨고, 두 분이 직접 꽃을 심고 가꾸셨어요. 정원사도 못 들어가게 하고, 두 분만 그곳에 들어가 몇 시간씩 책도 읽고 이야기도 나누고 그러셨대요. 마님은 소녀와 같은 마음을 가지셨어요. 화원 안에는 가지가 그네처럼 휘어진 곳이 있는데, 마님은 그곳에 넝쿨장미를 타고 올라가게 해 놓고 앉아 있곤 하셨대요. 그런데 어느 날 그 가지가 부러져 마님이 크게 다치셨고, 그 사고로 돌아가시게 된 거예요. 의사 선생님은 그때 주인님도

미쳐서 돌아가실 거라고 했어요. 그때부터 주인님은 그 화원을 싫어하게 되었어요. 아무도 그곳에 들어가지 못하게 했고, 이야기를 입 밖에 내지 못하게 하셨어요."

메리는 처음으로 다른 사람에게 불쌍한 마음을 갖게 되었다. 그것은 누구의 도움 없이 스스로 깨달은 것이었다.

메리가 바람 소리에 귀 기울이고 있던 어느 날이었다. 집

안 어디에선가 울음소리가 들렸다. 때때로 그런 소리는 들렸지만 메리는 밖에서 들려오는 소리로 알았다. 그러나 이날은 집 안에서 나는 소리라는 것을 뚜렷이 알 수 있었다.

“이게 무슨 소리야?”

마사는 메리의 질문에 화들짝 놀랐다.

“바, 바람 소리예요. 황무지에서 부는 바람은 사람이 우는 것 같은 소리를 내지요.”

“아냐! 잘 들어 봐. 틀림없이 집 안 어디에서 나는 소리야. 복도 끝에서 들리는 것 같지 않아?”

마사는 몹시 당황한 얼굴이 되었다. 때마침 바람이 불어 와 두 사람이 있는 방문을 세차게 열어젖혔다.

그러자 울음소리가 더욱 또렷하게 들렸다.

“봐! 누가 우는 소리잖아!”

마사는 재빨리 달려가 방문을 닫았지만, 그 전에 복도 끝 저쪽에서 먼저 문을 닫는 소리가 들렸다. 그러고 나서 모든 것이 잠잠해졌다. 바람 소리도 들리지 않았다.

“보세요, 바람 소리잖아요.”

마사는 황급히 우겼지만, 메리는 마사의 어색한 태도와 말투를 보고 무엇인가 자신에게 숨기고 있다고 생각했다.

메리는 마사와 함께 생활하면서 그녀의 가족 이야기에 점점 흥미를 느꼈다. 무엇보다도 마사의 어머니와 디콘에게 마음이 끌렸다. 마사가 어머니나 디콘에 대해 이야기할 때면 그들을 한번 만나 보고 싶다는 생각이 들었다.

"나도 마사의 형제들처럼 데리고 놀 여우나 까마귀가 있었으면 좋겠어. 나한테는 왜 아무것도 없는 거지?"

메리는 사람들을 그리워했다.

"책을 읽으세요."

"인도에 다 두고 왔어."

"메들록 부인이 도서실에 들어가게만 한다면 좋을 텐테. 그곳에는 수천 권도 넘는 책이 있거든요."

메리는 그 말을 듣는 순간 메들록 부인이 했던 말이 생각났다. 잠가 놓은 방들의 이야기였다. 메리는 잠가 놓은 방이 정말로 백 개가 넘는지 세어 보기로 했다.

마사가 나간 뒤 메리는 긴 복도를 따라 돌아다니기 시작했다. 긴 복도는 계단으로 이어졌고, 계단 위에는 또다른 긴 복도가 이어져 있었다. 복도의 벽에는 수많은 초상화들이 그려져 있었다.

메리가 저택을 헤집고 돌아다니는 것을 메들록 부인이 안다면 어떤 벌을 내릴지 몰랐다.

메들록 부인의 말처럼 문들은 다 잠겨 있었다. 메리는 너무 많이 돌아다녀서 지쳐 버렸다. 그래서 자신의 방으로 돌아가려고 두리번거렸지만 어디로 가야 할지 알 수 없었다.

'어떻게 하지?'

메리는 울상이 된 얼굴로 여기저기를 살폈다. 그때였다. 짜증을 내는 듯한 울음소리가 벽을 통해 들려왔다.

'이 소리였어!'

메리는 벽걸이를 손으로 짚었다. 순간 너무 놀라 뒤로 물러섰다. 그 벽걸이는 문을 가리고 있었고, 마침 그 문은 활짝 열려 있었다. 열린 문 사이로 다른 복도가 보였다. 그런데 메들록 부인이 열쇠꾸러미를 들고 걸어오고 있었다.

메리는 그 자리에 굳은 듯 멈춰 서 있었다.

"아가씨! 여기서 뭐 하는 거예요?"

메들록 부인은 사납게 눈을 치켜뜨고 말했다.

"모퉁이를 잘못 돌았어요. 그런데 어디선가 울음소리가 들렸어요. 지난번에도 들렸는데……."

"아가씨! 아가씨는 절대로 그런 소리 들은 적이 없어요! 아시겠어요? 지금 당장 아가씨 방으로 가세요! 그리고 다시는 이렇게 돌아다녀서는 안 돼요! 만약 또 이런 일이 있으면 그땐 가만두지 않겠어요!”

메들록 부인은 메리를 질질 끌다시피 하면서 복도를 따라 내려갔다. 그런 다음 모퉁이를 돌았고, 다른 복도로 들어서서 메리의 방 앞에 와서 멈추었다. 메들록 부인이 메리를 방 안에 던져 넣다시피 하면서 다시 말했다.

“이곳에 얌전히 있어요! 안 그러면 문을 잠글 수도 있어요. 주인님 말대로 아가씨한테는 가정 교사가 있어야겠어요. 감시할 사람 말이에요!”

메들록 부인은 그렇게 말하고 문을 쾅 닫고 방을 나갔다.

메리는 갑자기 당한 일이라서 어쩔 줄을 몰랐다. 그리고 메들록 부인의 행동에 무척 화가 났다. 메리는 속이 상해 난로 앞에 가서 털썩 주저앉았다.

숨겨진 문의 열쇠

밤새 폭우가 쏟아졌다. 황무지는 그 폭우 뒤 어디론가 숨어 버렸다. 그러고 나서 이틀이 지났다. 메리는 비가 그친 뒤의 황무지를 바라보며 탄성을 질렀다.

"아아! 저 황무지 좀 봐!"

그곳에는 짙푸른 하늘이 아치 모양으로 아주 높게 펼쳐져 있었다. 인도에서는 하늘이 늘 이글거리는 것같이 보였다. 그런데 이곳의 하늘은 호수 물빛처럼 눈부시게 푸른빛을 띠고 있었다. 또 양털같이 하얀 구름이 두둥실 떠 있었다.

"저기 저쪽까지 가 볼 수 있을까?"

메리의 말에 마사는 즐거운 표정으로 대답했다.

"힘들걸요? 8킬로미터는 걸어야 하거든요. 그곳에 우리 집이 있어요. 하지만 가는 길에 온갖 꽃들과 수많은 나비, 그리고 벌들이 붕붕대는 소리를 들을 수 있을 거예요. 종달새 소리는 또 얼마나 고운데요. 저곳에 갔다 오면 아가씨도 우리 디콘처럼 날마다 황무지에서 살려고 할 거예요."

그런데 마사는 휴가를 얻어 혼자 자기 집으로 가 버렸다. 메리는 더욱더 외로움을 느꼈다. 메리는 그날 아침 일찍 식사를 마치고 채소밭으로 나갔다. 벤 할아버지는 다른 일꾼들과 함께 일을 하고 있었다. 그런데 벤 할아버지가 메리에게 먼저 말을 건넸다.

"메리 아가씨, 봄 냄새가 나지요?"

어떻게 알았는지 벌새가 날아와 메리의 주위를 빙빙 돌았다.

"어머나! 네가 나를 잊지 않았구나!"

메리는 기뻐하며 소리쳤다.

"그 녀석은 머리가 영리합니다. 한 번 본 것은 잊지 않지요."

"벌새가 사는 화원에도 새싹이 돋고 있을까요?"

"무슨 화원요?"

벤 할아버지는 금세 무뚝뚝해지고 말았다.

"장미 화원 말이에요. 거기 꽃들은 다 죽었나요? 여름에 살아나는 것도 있을까요? 장미꽃이 핀 적도 있나요?"

“저 녀석한테 물어 보슈! 알고 있는 것은 저 녀석뿐이니까. 10년 동안 들어가 본 사람이 없으니 말이오.”

벤 할아버지가 벌새를 가리켰다. 메리는 심드렁해져 그곳을 산책했다. 그런데 벌새가 메리를 따라와 주위를 맴돌았다. 메리는 벌새를 살피면서 걸었다.

벌새는 어느 곳에 이르러 수북이 쌓아 놓은 흙을 부리로 쪼아 댔다. 그 순간 메리는 벌새의 발 밑에서 이상한 모양의 물건을 발견했다. 흙 속에 묻혀 있는 것은 녹슨 쇠고리 모양의 열쇠였다. 메리는 단숨에 그것을 잡아당겨 보았다.

“이게 무슨 열쇠지?”

메리는 녹슨 열쇠를 이리저리 살펴보았다. 그러다 문득 마사가 말한, 땅에 묻은 그 열쇠가 아닐까 하고 생각했다. 메리는 손에 든 열쇠를 바라보았다.

“이건……, 바로 비밀의 화원 열쇠일 거야!”

메리는 열쇠를 바라보며 흥분을 감추지 못했다. 이제 숨겨진 문만 찾으면 열쇠로 문을 열고 들어가 볼 수 있었다.

문을 발견하면 그곳에 혼자 들어가 자신만의 놀이터를 만들 수도 있었다. 미래의 비밀 놀이터는 메리에게 새로운 기쁨을 안겨 주었다.

메리는 열쇠를 주머니에 넣고 천천히 걸으면서 담쟁이덩굴을 살펴보았다. 그러나 아무리 보아도 덩굴 때문에 문을 쉽게 찾을 수는 없었다.

메리는 집 쪽으로 발길을 돌리면서 밖에 나올 때마다 열쇠를 가지고 나오기로 마음먹었다.

다음날, 마사가 저택으로 돌아왔다. 그런데 앞치마에 뭔가를 숨기고 있었다.

"선물인데……, 맞혀 보세요!"

"선물이라고?"

메리는 기뻐서 소리쳤다. 오랜만에 받아 보는 선물이었기 때문이다.

"호호, 우리 어머니가 아가씨에게 이 줄넘기를 선물하라고 하셨어요."

마사는 자랑스럽게 그것을 꺼내 보였다. 빨간색과 파란색 줄무늬 손잡이가 달린 튼튼한 줄이었다. 메리는 줄넘기를 해 본 적이 없었기 때문에 어리둥절한 눈으로 그것을 바라보았다.

"어디에다 쓰는 물건인데?"

"이게 뭔지도 몰라요? 이건요, 이렇게 하는 거예요. 자, 저를 잘 보세요."

마사는 방 가운데서 껑충껑충 뛰어올랐다. 숫자를 세던 메리는 의자에서 벌떡 일어섰다.

"너의 어머니는 정말 친절한 분이구나. 나도 줄넘기를 할 수 있을까?"

"그럼요. 우리 어머니는 아가씨에게 되도록 밖에 많이 나가 있으라고 했어요."

메리는 코트를 걸치고 밖으로 나가려다 다시 돌아섰다.

"마사, 고마워. 이건 네 돈으로 샀으니까 네가 선물한 것과 같아."

말투와 태도는 어색했지만, 메리는 이제 다른 사람에게 고마워할 줄 아는 마음도 갖게 되었다.

마사도 그 말을 듣고 몹시 어색해하며 웃었다. 하인이 주인한테 고맙다는 말을 듣는 것도 처음 있는 일이었으니까.

메리는 밖으로 나가 볼이 빨개질 때까지 줄넘기를 했다. 그런데 잠시 쉬고 있는 사이에 벌새가 바로 눈 앞에서 담쟁이덩굴 그네를 타는 것이 보였다.

"어제는 열쇠 있는 곳을 가르쳐 줘서 고마워. 오늘은 정원의 문을 가르쳐 주면 안 되겠니?"

벌새는 그 말을 알아들은 것처럼 담쟁이덩굴에서 담 위로 높이

날아올라가 앉았다. 그런 다음 아름다운 소리로 한참 동안 노래를 불렀다. 그때 갑자기 바람이 세게 불어 와서 발처럼 드러워진 담쟁이덩굴을 옆으로 밀쳐 냈다.

메리는 그곳으로 다가가 가지 하나를 붙잡았다. 언뜻 뭔가가 보였기 때문이다. 자세히 보니 그것은 문 손잡이였다. 메리는 너무 기쁘고 흥분되어 잠시 숨을 내쉬었다. 그런 다음 두근거리는 마음으로 주머니에서 열쇠를 꺼내 그곳에 꽂아 보았다. 열쇠가 꼭 들어맞았다.

메리는 숨을 죽이고 주위를 살폈다. 아무도 보이지 않자, 열쇠를 돌려 문을 열었다. 메리는 미끄러지듯 안으로 들어갔다. 순간 메리의 가슴은 심하게 두근거렸다.

메리는 10년 동안 아무도 들어가지 않았던 비밀의 화원 안으로 들어가 있었던 것이다. 그곳은 사람이 상상할 수 있는 것 가운데 가장 신비스러운 곳이었다. 정원을 둘러싸고 있는 높은 담에는 담쟁이덩굴이 뒤덮여 있었다. 화원 안에는 장미나무가 가장 많았다.

그중에서 가장 신기한 것은 큰 나무를 기어올라가 긴 덩굴을 아래로 드리우고 있는 덩굴장미나무였다. 덩굴장미나무들은 이 나무 저 나무로 뻗어 올라가 아름다운 다리를 만들어 놓고 있었다. 메리는 그 나무들이 살아 있는지 궁금했다.

그 안은 무척 조용했다. 벌새도 안에서는 꼼짝하지 않고 메리를 내려다보고만 있었다. 하지만 메리는 외롭거나 무섭지 않았다. 오래전부터 알고 있던 곳처럼 편안했다.

메리는 화원 안을 살금살금 걸어서 돌아다녔다. 여기저기에 잔디밭이 있고, 돌의자도 놓여 있었다. 곳곳에 꽃항아리가 놓인 상록수 정자도 있었다. 메리는 어느 정자 밑에서 뾰족한 연두색 싹이 얼굴을 내밀고 있는 것을 보았다. 우거진 잡초 사이에서도 새싹이 올라오는 것이 보였다.

메리는 뛸 듯이 기뻤다.

'비밀의 화원이 살아 있어!'

메리는 뾰족한 나무 막대기를 찾아 무릎을 꿇고 앉았다. 그런 다음 흙을 파고 잡초를 걷어 내어 새싹이 자랄 수 있는 공간을 만들어 주었다. 메리는 점점 더워져서 코트와 모자를 벗었다.

하지만 메리는 점심 시간이 된 것을 알고 부리나케 그곳을 나왔다.

"오후에 다시 올게."

메리는 자신이 발견한 놀이터에 약속을 했다.

저택으로 돌아온 메리는 많은 양의 음식을 먹어치웠고, 그 모습을 본 마사는 크게 기뻐했다.

"줄넘기 덕분에 아가씨가 어떻게 변했는지 어머니께 말씀드려
야겠어요."

메리는 식사를 마친 뒤 마사에게 조심스럽게 물어보았다.

"꽃밭에서 보았는데 양파같이 생긴 하얀 뿌리는 뭐지?"

"그건 구근이라고 해요. 봄꽃 중에는 구근을 가진 것이 많지요.
아네모네랑 크로커스는 모양이 작고, 큰 것은 수선화 종류들이
지요. 가장 큰 것은 백합과 보랏빛 붓꽃이에요. 꽃이 피면 정말
아름다워요. 디콘이 우리 집 정원에다 심어 놓아서 잘 알아요."

"구근들은 누가 살피지 않아도 잘 살 수 있을까?"

"그것들은 스스로 알아서 자랍니다. 내버려 두어도 새끼 구근
을 만들면서 번식하지요."

"작은 삽이 있었으면 좋겠는데……. 구해 줄 수 있어?"

"뭐 하려고요?"

메리의 말에 마사는 궁금하다는 눈으로 바라보았다.

메리는 비밀의 화원을 찾았다는 말을 하지 않았다. 고모부가
그 사실을 알게 되면, 아니 메들록 부인이 알게 된다면 틀림없이
메리에게 바깥 출입을 시키지 않을 것 같아서였다.

"여기는 너무 쓸쓸해. 그래서 화원을 가꾸고 싶어."

"스와이트 마을 가게에서 2실링 정도면 정원 가꾸는 연장 세트를 살 수 있어요."

"고모부가 메들록 부인을 통해 일주일에 1실링씩 용돈을 주거든. 그것을 모아 둔 게 있어."

"아가씨, 편지 쓸 수 있어요? 디콘한테 편지를 써서 연장과 꽃씨를 사 오라고 하면 돼요."

마사가 펜과 편지지를 가져오자 메리는 애를 써 가며 편지를 썼다. 비록 철자법은 다 맞지 않았지만 그런 대로 의사 전달은 되는 것이었다.

사랑하는 디콘

건강하니? 누나도 건강하게 잘 있어. 내가 모시고 있는 메리 아가씨의 부탁인데, 네가 스와이트에 가서 정원을 가꿀 수 있는 연장 세트와 꽃씨를 사다 주면 좋겠다. 돈은 아가씨가 주어서 여기에 넣을게. 예쁘고 다루기 쉬운 것으로 골라 오면 좋겠어. 아가씨는 내가 말했던 것처럼 인도에서만 살아서 꽃을 키워 본 적이 없다는 거야. 어머니와 동생들 모두에게 내 안부도 전해 줘. 사랑한다고 꼭 말해 줘.
                    -사랑하는 디콘에게 마사 피비 소어비가-

“연장을 사면 어떻게 받지?”

“걱정 마세요. 디콘이 직접 가지고 올 거예요. 아참! 어머니한 테 아가씨를 우리 집에 초대할까 하고 말씀드렸더니, 메들록 부 인한테 먼저 물어보라고 하셨어요.”

“메들록 부인이 허락할까?”

“우리 엄마는 허락할 거라고 하셨어요.”

“우와! 그런 일이 기다리고 있다니!”

메리는 마사가 돌아간 뒤 그대로 잠이 들었다. 오늘 처음 줄넘 기와 땅 파는 일을 해서 무척 나른했기 때문이었다.

디콘과의 만남

비밀의 화원에 따뜻한 햇살이 내리쬐었다. '비밀의 화원'이란 이름은 메리가 지은 것이었다. 메리는 그 이름을 좋아했고, 아무도 모르게 그 안에 들어갈 수 있다는 것이 생각만 해도 즐거웠다. 화원 안은 마치 세상으로 쫓겨난 요정의 나라 같았다. 메리는 일주일 동안 부지런히 땅을 파고 잡초를 뽑아 주었다. 많은 새싹들이 메리의 손 아래서 햇살을 보게 되었고, 메리는 그것들이 자라서 꽃을 피우는 모습을 상상하며 즐거워했다. 정말이지 처음 느껴 보는 행복이었다.

그 일주일 동안 메리는 벤 할아버지와도 매우 가까워졌다.

"할아버지는 무슨 꽃을 좋아하세요?"

“꽃이라면 당연히 장미꽃이지요. 옛날에 장미를 좋아하는 아름
다운 부인이 계셨는데, 그분은 자식처럼 장미를 심고 가꾸었지
요.”

“그 부인은 지금 어디에 있어요?”

“목사님 말에 의하면 하늘나라에 있다고 하던데요.”

“할아버지도 정원이 있어요?”

“아닙니다. 난 그런 게 없어요. 난 홀아비이고, 문지기 마틴하
고 같이 살지요.”

“만약 할아버지 정원이 있다면 뭘 심으시겠어요?”

“여러 가지 구근을 심겠지요. 하지만 장미를 가장 많이 심을 것
같아요. 장미를 좋아하니까요.”

“부인이 심은 장미는 지금 어떻게 되었을까요?”

“저희들끼리 어디선가 살아 있겠지요.”

“그것들이 살아 있는 것을 어떻게 알아요?”

“가지를 잘 들여다보면 조금씩 불룩하게 도드라진 곳이 있어
요. 그런데 장미에 대해 왜 그렇게 궁금한 것이 많은가요? 이제
그만 이야기합시다. 한가하게 아가씨와 이야기하고 있을 시간이
없어요.”

메리는 벤 할아버지와 헤어져 비밀의 화원 쪽으로 발길을 돌렸

다. 그때 어디선가 낮은 휘파람 소리가 들렸다. 살펴보니 열두세 살 정도의 남자아이가 나무에 기대 앉아서 나뭇잎 피리를 불고 있었다. 옷차림은 깨끗했지만 들창코였고, 뺨은 양귀비꽃처럼 아주 새빨갰다.

아이의 어깨에는 수꿩이 앉아 목을 늘이고 내려다보고 있었고, 기대 앉은 나무의 가지에는 갈색 다람쥐가 앉아 있었다. 소년의 바로 앞에는 토끼 두 마리가 두 발을 쫑긋 세우고 서 있었다.

소년은 메리가 다가오는 것을 보고 앉았던 자리에서 천천히 일어섰다.

"빨리 움직이면 이 녀석들이 놀라거든요."

소년이 입을 열었다.

"제 이름은 디콘이에요. 메리 아가씨죠?"

메리도 그 소년이 디콘일 거라고 생각했다. 동물들을 다루는 아이는 이 근처에서 디콘 말고는 없기 때문이다.

"마사 편지 받았니?"

"그래서 온 거예요. 여기 정원을 가꿀 수 있는 연장 세트와 꽃씨가 있어요."

디콘은 메리에게 연장을 보여 주며, 주머니에서 꽃씨를 꺼내 놓았다.

“정원이 어디 있어요? 제가 심어 드릴게요.”

메리는 디콘의 말에 매우 난처해졌다. 디콘이 그 모습을 보고 당황해하며 물었다.

“아직 땅을 못 구했나요?”

메리는 결심한 듯 디콘을 바라보며 말에 힘을 주었다.

“내가 만약 비밀을 말한다면 지켜 줄 수 있니? 다른 사람들이 이 사실을 알면 내겐 위험한 경고가 내려질지 모르거든.”

디콘이 놀라는 눈으로 메리를 바라보았다. 그러나 이내 상냥한 말투로 대답했다.

“나는 비밀을 잘 지켜요. 여우굴과 새둥지와 들짐승 구멍이 어디에 있는지 알고 있지만 아무한테도 말하지 않았어요. 그러니 걱정하지 않아도 돼요.”

메리는 반가운 얼굴로 디콘의 소매를 잡고 다시 말했다.

“난 정원을 하나 발견했어. 아무도 돌봐 주지 않고, 들어가는 사람도 없는 곳이야. 그 안의 나무들은 다 죽었을지도 몰라. 난 다른 사람들이 버린 것을 돌보는 거야. 이제 그곳은 내 거야. 누구도 빼앗아 갈 수 없어. 사람들은 그 정원을 죽게 내버려 두었으니까.”

메리는 거기까지 말한 다음 흥분해서 울음을 터뜨리고 말았다.

디콘은 놀란 눈으로 메리를 달랬다.

"울지 마세요. 그 정원이 어디 있죠?"

"따라와. 보여 줄게."

메리는 디콘과 함께 담쟁이덩굴이 무성한 숲길 쪽으로 갔다. 메리가 어느 한 곳에 이르러 늘어진 담쟁이덩굴을 쳐들자, 디콘은 깜짝 놀라 숨을 죽였다. 문이 있었기 때문이다.

두 사람은 문을 열고 안으로 들어갔다.

"여기가 내가 말한 비밀의 화원이야. 이 화원이 살아 있기를 바라는 사람은 나뿐이야."

"아름다운 곳이네요. 마치 꿈을 꾸고 있는 것 같아요."

"디콘, 이 화원을 알고 있었니?"

메리가 물었다.

"쉿, 아가씨 목소리 낮추세요. 전에 마사 누나한테 집 안 어디에 이 화원이 있다는 얘길 들었어요. 나도 어떤 화원인지 무척 보고 싶었어요."

디콘은 사방을 살피듯 바라보았다.

"장미꽃이 필 수 있을까? 너는 알 수 있지? 모두 말라 죽은 건 아니지?"

디콘은 가까이 있는 나뭇가지로 다가갔다. 그런 다음 바싹 말라 버린 가지 하나를 들어올렸다.

"여길 보세요. 이렇게 말라 죽은 것도 있지만, 밑에 새로 나온 것도 있어요."

디콘은 푸른빛이 도는 나뭇가지를 만지며 말했다.

메리와 디콘은 화원 안에 있는 나무들 사이를 돌아다녔다. 디콘은 칼을 잘 다룰 줄 알았다. 죽은 나뭇가지를 잘라 내고 생명이 있는 가지를 골라 낼 줄도 알았다.

디콘이 사 온 연장은 매우 쓸모가 있었다. 디콘은 메리에게 연장 사용하는 방법을 친절하게 가르쳐 주었다.

"여기는 할 일이 아주 많아요."

디콘이 이곳 저곳을 가리키며 말했다.

"다시 와서 나를 도와줄 수 있니? 나도 잡초를 뽑고 네가 하라는 건 뭐든지 다 할게."

"아가씨만 좋다면 매일 올 수도 있어요."

디콘은 다시 한 번 정원을 바라보았다.

"10년 동안 아무도 들어오지 않았다고 했지만, 그런 것 같지는 않아요. 나뭇가지를 여기저기 잘라 낸 흔적이 있어요."

"열쇠는 흙 속에 묻혀 있었는데 누가 들어왔다는 거니?"

"그거야 모르죠."

"아닐 거야. 내가 열쇠를 흙 속에서 처음 찾아냈단 말야."

메리는 앞으로 아무리 오래 산다고 해도 화원이 살아나기 시작한 그날을 잊지 못할 것 같았다.

디콘은 씨 뿌릴 자리를 만들었다.

메리는 인도에서 베즐이 노래를 부르며 자신을 놀리던 생각이 떠올랐다.

"혹시 종처럼 생긴 꽃이 있니?"

“백합, 초롱꽃, 도라지꽃이 그렇게 생겼어요.”

“우리 그런 꽃들도 심자.”

“백합은 많으니까 다른 것은 집에 있는 것을 몇 포기 가져올게요. 그렇게 생긴 꽃을 좋아하세요?”

메리는 베즐 형제 이야기를 해 주었다.

“방금 그 노래 생각이 나서 정말 은방울 같은 꽃이 있나 궁금했어.”

메리는 그때를 생각하며 흙을 거칠게 파헤쳤다.

그러자 디콘이 말했다.

“꽃이 있는 곳과 새들이 둥지를 틀고 있는 곳에서는 심통을 부릴 필요가 없어요.”

“너는 마사의 말처럼 정말 좋은 아이구나. 네가 좋아졌어. 내가 좋아하는 사람은 이제 너까지 다섯 명이야.”

“나머지 네 사람은 누군데요?”

“너의 어머니와 누나, 벤 할아버지, 그리고 벌새.”

디콘은 터져 나오려는 웃음을 참느라 손으로 입을 막았다.

“아가씨는 참 별난 사람이에요.”

“디콘, 내가 별나다고?”

“그래요. 하지만 너무 귀엽고 사랑스러워요.”

“정말? 그럼 너도 나를 좋아하니?”

“네, 메리 아가씨가 참 좋아요.”

디콘은 진심으로 말했다.

메리는 기분이 좋아서 콧노래를 흥얼거렸다. 디콘도 메리와 함께 신나게 일을 했다.

점심 때가 되어 메리는 저택으로 돌아가야 했다.

“저는 어머니께서 빵을 싸 주셨어요. 이걸 먹고 좀 더 일을 하다 돌아갈게요.”

디콘은 주머니에서 깨끗한 수건에 싼 꾸러미를 꺼냈다.

“너 정말 무슨 일이 있어도 이 비밀을 지킬 수 있지?”

메리는 문을 나서다 말고 확인하려는 듯 다시 물었다.

베이컨이 들어 있는 빵을 입에 문 채 디콘은 메리를 안심시키려는 듯 미소를 지었다.

“아가씨가 벌새이고 나한테 둥지를 보여 주었다면 내가 그걸 다른 사람들한테 가르쳐 줄 거라고 생각하세요? 난 그렇지 않아요. 아가씨는 벌새처럼 안심해도 괜찮아요.”

저에게 땅 좀 빌려 주세요

메리는 저택을 향해 숨이 차게 달렸다. 그 바람에 머리는 헝클어지고, 이마와 뺨은 붉게 물들어 있었다.

"마사, 나 디콘 만났어!"

"어때요? 마음에 들어요?"

"그럼, 아주 잘생겼던걸. 마음씨도 좋고!"

마사는 놀란 표정을 지었지만 속으로는 아주 기뻤다.

"우리 집에서는 제일 좋은 아이지만 잘생겼다고 하니까 우습네요. 그 애는 들창코에다 눈은 너무 동그랗잖아요."

"나는 들창코가 좋아. 눈은 하늘빛하고 똑같았어."

"어머니도 그런 말씀을 하셨어요. 그래도 입은 너무 크죠?"

“나는 디콘처럼 큰 입이 좋아. 내 입도 컸으면 좋겠어.”

마사는 그만 깔깔거리며 웃고 말았다.

“그런데 연장이랑 씨앗들은 마음에 들었나요?”

“그것을 가져온 걸 어떻게 알았어?”

“디콘은 믿을 수 있는 아이거든요.”

메리가 점심을 먹고 일어서려는데 마사가 다시 불러 앉혔다.

“주인님이 돌아오셨는데, 아가씨를 만나 보고 싶어하세요.”

“고모부는 날 보고 싶어하지 않는다고 했는데…….”

“메들록 부인 말씀으로는 우리 어머니 때문이라고 했어요. 스와이트 마을에서 주인님을 만나셨는데, 그 자리에서 용기를 내어 아가씨 이야기를 하셨나 봐요. 그래서 주인님이 아가씨를 만나려고 하시는 것 같아요. 주인님은 내일 다시 이곳을 떠나신다고 했어요.”

메리는 마지막 말만 귀에 들어왔다.

“내일 이곳을 떠나신다고?”

“이번에 가시면 겨울까지 못 돌아오신다고 하던데요.”

“정말 다행이야!”

메리는 가을까지만이라도 고모부가 돌아오지 않기를 바랐다. 그렇게만 된다면 비밀의 화원을 지켜볼 시간이 충분했다. 만약 고모부가 돌아와 발각된다 해도, 정원이 살아난 것을 보면 그때는 빼앗겨도 참을 수 있을 것 같았다.

"언제 고모부를 만나러 가지?"

그때, 문이 열리면서 메들록 부인이 들어왔다.

부인은 안절부절못하는 표정으로 마사에게 지시했다.

"아가씨 머리를 빗기고 가장 좋은 옷을 입혀라. 주인님께서 지금 서재로 데려오라고 하신다."

잠시 뒤, 두 사람은 서재로 향했다.

메들록 부인이 문을 두드리자 안에서 말소리가 들렸다.

"들어오시오."

벽난로 앞에 한 남자가 앉아 있었다.

"메리 아가씨를 데려왔습니다."

"아이를 두고 나가시오. 나중에 벨을 울리겠소."

고모부가 말했다.

메들록 부인이 나가고 문이 닫히자, 메리는 고모부가 부를 때까지 손을 만지작거리며 기다렸다. 안락 의자에 앉은 고모부는 키가 커서 그런지 심한 꼽추는 아니었다. 머리카락은 약간 희끗희끗해 보였다.

"이리 가까이 오너라."

메리는 조심스럽게 걸음을 옮겼다. 처음 보는 고모부의 얼굴은 몹시 창백했지만 꽤 잘생긴 편이었다.

"사람들이 잘 돌봐 주던?"

"네, 고모부."

메리와 말을 나누면서도 고모부의 눈은 멀리 다른 곳을 보고 있는 것 같았다.

"너 아주 말랐구나."

"이젠 잘 먹고 있어요. 살이 찌는 중이에요."

메리는 투박한 목소리로 말했다.

"미안하다. 내가 너를 깜빡 잊고 있었다. 유모나 가정 교사를 보내려고 했는데 말이다."

"저는 이만큼 컸으니까 유모가 없어도 돼요. 그리고 가정 교사는 아직 들이지 말아 주세요."

"그래? 소어비 부인도 그렇게 말하더구나."

"마사 어머니 말인가요? 그 부인은 아이들이 열두 명이나 된대요. 그래서 아이들에 대해 잘 알아요."

"그럼 넌 뭘 하고 싶니?"

"저는 밖에서 놀고 싶어요. 밖에서 놀면 금방 배가 고파져요. 저는 점점 음식을 많이 먹고 있어요."

"소어비 부인도 가정 교사를 두기 전에 몸이 튼튼해져야 한다고 말하더구나."

"밖에서 놀면 바람을 쐬어서 몸이 튼튼해지는 것 같아요."

"어디서 노는데?"

"어디서든지요. 마사 어머니가 주신 줄넘기를 가지고 놀기도 하고, 땅에서 뭔가 솟아나는 것을 살피기도 해요. 하지만 나쁜 짓은 하지 않아요."

"겁내지 마라. 너같이 어린아이가 나쁜 짓을 어떻게 하겠니? 하고 싶은 대로 하려무나."

"정말이세요?"

메리는 순간 고민하는 얼굴이 되었다.

"나는 네가 이곳에서 편안하게 지냈으면 좋겠다. 소어비 부인이 너를 꼭 만나라고 해서 부른 거다. 너에게는 신선한 공기와 자유롭게 뛰어다니는 것이 필요하다고 말하더라. 장난감이나 책, 인형이 필요하니?"

대답 대신 메리는 떨리는 목소리로 물었다.

"제가, 제가, 땅을 조금 가져도 되나요?"

"땅이라니? 무슨 말이냐?"

"씨앗을 심으려고요. 살아나는 것을 보고 싶어서요."

크레이븐 씨는 한동안 말없이 메리를 바라보더니 재빨리 눈에
다 손을 갖다 대었다. 그런 다음 의자에서 일어나 방 안을 왔다
갔다 했다.

"가지고 싶은 대로 땅을 사용하렴. 네 말을 들으니까 땅에서 자
라는 것을 사랑하던 어떤 사람이 생각나는구나."

"어디에 있는 땅이라도 상관 없나요?"

"어디든지 맘대로 하렴. 가 보거라. 피곤하구나."

방으로 돌아오자 마사가 기다리고 있었다.

"내 화원을 가질 수 있게 됐어! 어디든 내가 좋아하는 곳에 만
들어도 된댔어. 그리고 얼마 동안은 가정 교사도 두지 않을 거
래. 내가 하고 싶은 건 무엇이든지 하랬어!"

메리는 기쁜 마음으로 화원으로 달려갔다. 그러나 비밀의 화원
은 텅 비어 있었고 디콘도 보이지 않았다.

"그 애는 요정이었는지도 몰라."

그런데 장미덩굴 사이로 하얀 종이가 보였다. 종이에는 둥지에
새 한 마리가 앉아 있는 그림이 그려져 있었다.

그림 밑에는 다음과 같이 씌어 있었다.

내일 다시 올게요.

콜린을 찾아내다

메리는 디콘이 남겨 놓은 종이를 가지고 마사에게 달려갔다.

"어머나! 우리 디콘이 이렇게 그림을 잘 그리는 줄은 몰랐네. 진짜 벌새가 둥지에 들어가 있는 것 같지 않아요?"

메리는 그제야 디콘의 그림을 이해했다. 메리는 이상하고 순진해 보이는 디콘이 더 좋아졌다. 메리는 다음날 디콘이 꼭 와 줄 것을 생각하면서 잠자리에 들었다. 그러나 요크셔의 이른 봄 날씨는 매우 변덕스러웠다.

메리는 한밤중에 창문을 두드리는 빗소리에 잠을 깼다. 비가 억수같이 쏟아지고 있었고, 바람이 거세게 몰아쳤다. 메리는 속이 상해 침대 위에 일어나 앉아 있었다. 그런데 어렴풋이 어디선가 울부짖는 소리가 들렸다. 그 소리는 끊이지 않고 들려왔다.

"이건 바람 소리가 아냐. 전에 들었던 그 소리야."

메리는 방에서 나와 그 소리를 따라 발을 내딛었다. 그 소리는 비밀의 화원만큼이나 호기심을 자극했다.

메리는 촛불을 들고 복도를 걸었다. 그 길은 길고 어둠침침했으나 무섭다는 생각이 전혀 들지 않았다.

메리는 지난번에 가 보았던 길을 기억해 내면서 휘장이 내려진 문 앞까지 갔다. 그 안쪽에 분명히 누군가 있었다. 불빛이 새어 나오고 울음소리도 들렸던 것이다.

메리는 방문을 밀고 안으로 들어섰다. 방 안에는 고풍스런 가구들이 있었고, 난로에는 불이 훨훨 타고 있었다. 그 옆으로 네 기둥이 있는 침대가 하나 놓여 있었다.

침대 옆에는 램프가 켜 있고, 침대 위에는 한 소년이 누워 울고 있었다. 얼굴이 흰 소년은 얼굴을 뒤덮은 숱 많은 머리카락 때문에 더욱 작아 보였다. 메리는 촛불을 들고 침대 가까이 다가가 보았다. 불빛을 느낀 소년이 커다란 눈으로 메리를 바라보았다.

"넌 누구니? 유령이니?"

"난 유령이 아니야. 네가 유령이지?"

메리는 떨리는 목소리로 물었다.

소년은 한동안 메리를 노려보았다. 그 아이의 눈은 회색이었고, 새까만 속눈썹 때문인지 눈이 더욱 커 보였다.

"난 유령이 아니야. 내 이름은 콜린이야."

"콜린이 누구니?"

"콜린 크레이븐. 너는 누구니?"

"메리 레녹스. 크레이븐 씨는 우리 고모부야."

"크레이븐 씨는 우리 아버지야. 이리 가까이 와 봐."

콜린은 메리를 만져 보더니 안심하는 것 같았다.

"진짜 사람이구나. 꿈을 꾸고 있는 것 같았어. 나는 꿈을 많이 꾸거든. 너는 어디서 왔니?"

"내 방에서 왔어. 바람 소리 때문에 깼는데, 네 울음소리가 들렸어. 전에도 들은 적이 있어."

"나도 잠이 안 와. 머리가 아팠거든. 네 이름이 뭐라고 했지?"

"메리 레녹스. 내가 인도에서 여기로 왔다는 말을 아무도 해 주지 않았나 봐."

"겁이 나서 말하지 않았을 거야."

"왜?"

"네가 오는 걸 내가 싫어했을 테니까. 난 사람들이 나를 쳐다보는 것도 싫고 내 얘기를 하는 것도 싫어해."

메리는 점점 더 궁금해졌다.

"나는 아파서 늘 이렇게 누워 있기만 해. 아버지도 사람들이 내 이야기하는 걸 듣기 싫어하셔. 나는 오래 살면 아버지처럼 꼽추가 될 거라고 했어. 그렇지만 오래 살지 못할 거야. 아버지는 내가 아버지를 닮는 것을 매우 싫어하시거든."

"이 집은 참 이상한 곳이야. 비밀투성이야. 방은 잠겨 있는 곳이 많고. 너도 갇혀 있는 거잖아."

"내가 나가기 싫어하는 거야."

"너희 아버지는 여기 자주 오시니?"

"어쩌다 한 번씩. 내가 잠자고 있을 때 다녀가셔. 사람들이 수군거리는 소릴 들었는데, 아버지가 날 미워하는 것 같아."

순간 소년의 얼굴에 분노의 그림자가 보였다.

"내가 태어날 때 엄마가 돌아가셨거든. 아버지는 나를 증오하고 있어."

"콜린, 넌 늘 이곳에만 있니?"

"응. 가끔 바닷가에 나가기도 하지만, 난 사람들의 시선이 두려워. 나는 등을 곧게 하기 위해 등에 쇠를 대고 있거든. 런던에서 온 유명한 의사는 그것을 바보짓이라고 했어. 차라리 신선한 공기와 햇볕을 쬐는 것이 낫다고 말했어. 하지만 난 신선한 공기도

싫고 밖에 나가는 것도 싫어."

"나도 이곳에 처음 왔을 때는 그랬어. 참, 사람들이 널 보는 게 싫다면 나도 가는 게 좋겠니?"

메리가 물었다. 그러나 콜린은 메리의 옷자락을 잡아당겼다.

"아니, 가지 마. 네가 가 버리면 꿈이라고 생각할 거야. 거기에 있는 둥근 의자에 앉아서 이야기 좀 해 줘. 네가 말하는 소리를 듣고 싶어."

메리는 촛불을 침대 옆 탁자에 갖다 놓고 둥근 의자에 앉아서 콜린을 바라보았다. 메리는 수수께끼 같은 이 아이와 좀 더 이야기를 나누고 싶었다.

"무슨 이야기를 해 줄까?"

콜린은 메리가 그곳에 온 지 얼마나 되었으며, 방은 어디고, 무얼 하며 지내는지를 물었다. 요크셔에 오기 전에는 어디에 있었는지도 물었다. 콜린은 메리에게서 인도에서 바다를 건너온 이야기를 더 많이 듣고 싶어했다. 콜린은 아주 어릴 때 간호사에게 글을 배웠다. 그 후 많은 시간을 이 방에서 책을 읽으며 지냈다.

"넌 몇 살이니?"

콜린이 조용한 목소리로 물었다.

"열 살. 너하고 같아."

콜린은 깜짝 놀라며 물었다.

"내 나이를 어떻게 아니?"

"네가 태어났을 때 열쇠로 그 정원 문을 잠갔으니까. 그게 10년 전이란 말야."

"정원? 그게 뭔데? 누가 잠갔지? 열쇠는 또 뭐야?"

"그 화원은 고모부가 싫어하셔서 잠그셨어. 열쇠가 어디 있는지 그건 아무도 몰라."

메리는 거짓말을 했다.

"너 그곳에 들어가 보고 싶니?"

콜린이 물었다.

"응. 어떻게 생긴 곳인지 무척 궁금해."

"나도 한번 가 보고 싶다. 신기한걸. 전에는 내가 뭔가를 보고 싶다는 생각을 하지 않았어. 그런데 이젠 그 정원이 보고 싶어. 사람들이 날 데리고 그 안에 들어가 볼 수 있게 할 거야. 그러면 맑은 공기도 쐴 수 있겠지?"

콜린은 말을 하면서 눈까지 반짝였다. 하지만 메리는 순간 조바심이 났다. 그렇게 된다면 모든 걸 망치게 되고, 디콘도 영영 돌아오지 않을 것이다.

"그러지 마. 그러면 그곳은 더 이상 비밀의 화원이 될 수 없어.

비밀은 공개되면 비밀이 아니잖아."

"비밀이라고?"

"담쟁이덩굴에 덮인 문이 있다고 하자. 그걸 우리가 찾아 내 들어갈 수 있다면 다른 사람들은 아무도 모르게 되잖아. 그렇게 하면 우리들은 비밀의 화원을 가지게 되는 거고. 그곳에 우리들이 씨앗을 심고 가꾸면 아름다운 화원이 살아나게 될 거야."

"화원이 죽었다는 말이니?"

"돌보는 사람이 없으면 곧 죽게 돼. 구근은 살아 있지만 장미나무는 잘 모르겠어."

"구근이 뭔대?"

"꽃의 뿌리를 말해. 이제 곧 봄이 오면 새싹이 땅 위로 올라올 거야."

"봄이 온다고? 난 그런 줄도 모르고 있었어. 그저 앓기만 해서 봄을 잘 알지 못해."

"봄은 새싹이 땅 속에서 움직이고 있는 때야. 화원을 비밀로 하면 우리가 그곳에 들어가 새싹이 자라나는 것을 볼 수 있어. 장미가 살아 있는 것도 확인해 볼 수 있어. 그게 다 비밀이라고 생각해 봐. 얼마나 근사한 일이니?"

"난 비밀을 가져 본 일이 없어. 아! 한 가지 있구나. 내가 어른이 될 때까지 살지 못한다는 것을 알고 있다는 것이지. 어른들은 내가 그 사실을 알고 있다는 것을 몰라. 그러나 네가 말한 비밀이 더 좋은 것 같다.”

“그럼 이렇게 하자. 네가 사람들을 시켜서 화원의 문을 열게 하지 않는다면 내가 꼭 그 문을 찾아낼 수 있을 것 같아. 그리고 의사 선생님이 네가 밖에 나가도 된다고 하시면 휠체어를 밀고 화원에 데려갈 아이를 구할 수도 있어. 그렇게 되면 우리들만의 비밀의 화원을 갖게 되는 거잖아.”

이야기를 듣는 콜린은 꿈을 꾸는 듯한 눈으로 메리를 보았다.

“정말 그렇구나!”

메리는 콜린도 비밀을 좋아하는 것 같아서 기뻤다.

콜린은 누운 채 화원을 상상하며 메리의 이야기를 듣고 있었다. 벌새 이야기와 벤 할아버지 이야기도 들었다.

“너는 꼭 그곳 화원을 보고 온 것처럼 말하고 있구나.”

메리는 뭐라고 대답해야 할지 몰라 가만히 있었다.

“나도 너한테 보여 줄 게 있어. 저기 벽난로 위 벽에 걸린 장밋빛 커튼 보이지? 거기에 달려 있는 끈을 당겨 봐.”

메리가 어리둥절한 눈으로 다가가 끈을 당기자, 실크 커튼이 젖혀지면서 웃고 있는 여자의 그림이 나타났다. 금발 머리를 리

본으로 묶은 아름다운 모습이었다. 사랑스런 잿빛 눈은 콜린의 눈을 닮았다.

“우리 엄마야. 왜 죽었는지는 잘 몰라. 엄마가 살아 있다면 이렇게 앓고 있지만은 않았을 거야. 아버지도 날 싫어하지 않았을 테고. 내 등도 튼튼해졌을 거야. 이제 그만 커튼을 내려.”

“너희 어머니는 참 아름다우신 분이야. 그런데 왜 커튼으로 가려 놓았니?”

“엄마한테 내 모습을 보이는 게 싫어. 그리고 내 엄마니까 사람들한테 함부로 보이기도 싫고…….”

메리는 고개를 끄덕였다.

“아참! 내가 여기에 왔었다고 하면 메들록 부인이 뭐라고 할 텐데…….”

“메들록 부인은 내 명령에 따라서 행동해. 내가 너를 날마다 이곳에 오도록 메들록 부인에게 말할 거야. 오늘 너를 만나게 되어 정말 기뻐.”

“고마워. 될 수 있는 대로 자주 올게. 하지만 난 날마다 화원에 가 봐야 해.”

“그렇구나. 그렇다면 우리가 만나는 것도 비밀로 하는 게 좋겠다. 너 혹시 마사 아니?”

“응. 나를 돌봐 주고 있어.”

“너를 보고 싶을 때 마사에게 이야기할게.”

메리는 그제야 얼마 전에 울음소리가 났을 때 마사가 당황해하던 모습이 떠올랐다.

“너무 오래 있었어. 갈게. 너도 졸리지?”

“그래.”

“눈을 감아. 우리 유모가 내게 불러 주던 노래를 불러 줄게.”

메리는 콜린을 안쓰럽다는 듯이 보았다. 그래서 자장가를 불러 주었다. 노래를 부르는 사이에 콜린의 눈꺼풀이 아래로 내려갔다. 메리는 살며시 일어나 촛불을 들고 그곳을 나왔다.

어린 임금님

날이 밝았는데도 비는 멈추지 않았다. 창밖으로 보이던 황무지는 안개에 가리웠다. 날씨가 안 좋아 메리는 밖으로 나갈 수가 없었다. 마사는 너무 바빠서 메리가 말을 붙일 틈도 없었다. 심심해진 메리는 마사가 옆에 있어 주기를 바랐다. 오후가 되어서야 마사는 뜨개질하던 양말을 들고 메리의 방으로 왔다.

"아가씨, 할 말이 있는 것처럼 보여요."

"나 그 울음소리를 알아냈어."

마사는 깜짝 놀라 뜨개질하던 양말을 떨어뜨렸다.

"어젯밤에도 그 소리를 들었어. 그래서 내가 그 소리를 찾아갔어. 콜린을 만났단 말이야."

“어머나! 이를 어쩌면 좋아요! 메들록 부인이 알면 아가씨뿐 아니라 나까지 여기서 쫓겨날 거예요.”

“마사, 넌 절대 쫓겨나지 않아. 콜린은 내가 찾아간 것을 무척 기뻐하는 것 같았어. 많은 이야기도 했고, 다시 만나자고도 했단 말이야.”

“그럴 리가요……. 도련님은 늘 화를 내어 우리를 벌벌 떨게 하거든요. 고함을 질러 대며 우리 하인들을 자기 마음대로 할 수 있다는 것도 알고 있지요.”

“콜린은 그런 아이가 아니야. 내겐 화를 내지 않았어. 그리고 인도 이야기, 벌새 이야기, 화원 이야기도 들려 주었어. 콜린은 나한테 자기 엄마 그림을 보여 줬어. 내가 자장가를 불러서 콜린을 재워 주고 나왔단 말야.”

마사는 너무 놀라 숨도 쉬지 않고 있는 것 같았다.

“믿어지지 않아요. 다른 때 같았으면 아마 발작할 정도로 화를 냈을 거예요. 도련님은 자신의 모습을 다른 사람한테 보이기 싫어하거든요.”

“나한테는 그러지 않았어. 매일 와 달라고 했어. 그리고 나를 부르고 싶을 때 마사에게 말할 거라고도 했어.”

“그건 안 돼요. 메들록 부인한테 쫓겨난다니까요!”

“콜린이 시키는 대로 하면 쫓겨나지 않아. 그런데 콜린은 왜 그러고 있는 거야?”

“마님이 돌아가신 뒤 주인님은 도련님을 보려고 하지 않으셨대요. 자신처럼 꼽추가 될 바에는 차라리 죽는 게 낫다면서요.”

“콜린이 꼽추야?”

“아직은 아니에요. 그렇지만 나빠지고 있어요. 하인들은 도련님의 등이 어떻게 될까 봐 늘 침대에 누워만 있게 하고 걷지 못하게 해요. 그 때문에 도련님의 신경이 날카로워진 게 사실이에요. 도련님은 감기에 걸려 죽을 뻔하기도 했고, 류머티스와 장티푸스도 걸렸지요. 그러다 보니 약을 너무 많이 먹게 되었어요.”

“너도 콜린이 죽을 거라고 생각해?”

“우리 어머니는 콜린이 신선한 공기도 안 마시고 누워서 그림책만 보고 있으면 점점 더 나빠질 거라고 했어요. 누운 상태로 약만 먹고 있으면 죽게 된다면서요. 그런데 도련님은 몸이 약하고 감기에 잘 걸려서 밖에 나가는 것을 겁내거든요.”

“화원에 가서 나무랑 풀이랑 꽃을 보면 몸이 좋아질지도 몰라. 나도 그랬잖아.”

그때 마침 마사를 부르는 벨이 울렸다. 마사는 뜨개질하던 것을 들고 일어섰다.

"간호사가 도련님 옆에 있으라고 저를 부르는 거예요. 도련님의 기분이 좋아야 할 텐데…….”

그런데 방을 나간 마사가 10분쯤 지나서 다시 메리의 방으로 왔다.

"도련님이 간호사한테 6시까지 가까이 오지 말라고 하고 저를 부른 거예요. 도련님이 아가씨하고 이야기를 나누고 싶다고 불러 달래요. 빨리 가 보세요.”

메리는 한걸음에 달려갔다. 낮에 본 콜린의 방은 무척 깨끗하고 아름다웠다. 비가 오는 음울한 날씨인데도 방 안은 포근하고 밝고 기분이 좋았다. 벽난로에는 여전히 불이 훨훨 타오르고 있었다.

콜린은 벨벳 가운을 입고 비단 쿠션에 기대어 앉아 있었다. 얼굴엔 전날과 달리 환한 미소가 담겨 있었다.

"잠에서 깬 뒤 계속 네 생각을 했어.”

"나도 그래. 마사가 네 이야기를 듣고 무척 놀랐어. 마사는 메들록 부인이 이 일을 알게 되면 쫓겨날 거라고 걱정하고 있어.”

콜린은 그 말을 듣더니 얼굴을 찡그렸다.

"메리, 미안하지만 마사를 불러 줘.”

마사는 근심이 가득한 얼굴로 콜린 앞으로 왔다.

"마사, 너는 나를 기쁘게 해 주기 위해 있는 거야. 메들록 부인
도 마찬가지고."

"네, 네, 그렇습니다, 도련님!"

마사는 말까지 더듬었다.

"그렇다면 내가 원해서 메리 아가씨를 부르는데, 왜 메들록 부
인이 너를 쫓아낸단 말이니?"

"도련님, 저는 시키는 대로 하겠습니다. 제발 쫓겨나지만 않게
해 주세요."

마사는 진심으로 애원했다.

"걱정 마. 메들록 부인이 너를 쫓아낸다면 내가 메들록 부인을
쫓아낼 거야. 그러니 걱정 마."

"고맙습니다, 도련님."

마사는 무릎을 꿇고 절까지 했다.

마사가 나가자 콜린이 메리를 바라보았다.

"메리, 왜 그런 눈으로 바라보니?"

"두 가지 생각을 하고 있었어. 하나는 내가 인도에 있을 때 보
았던 어린 소년 라자 임금님이야. 그는 루비, 에메랄드, 다이아
몬드를 주렁주렁 달고 있었어. 어린 임금은 네가 마사한테 대하
듯 그렇게 말했어. 부하들도 마사처럼 모두 그 임금을 따랐어."

"두 번째 생각을 말해 봐."

"네가 디콘하고 다르다고 생각했어."

"디콘? 그게 누군데?"

"마사의 동생이야. 나이는 열두 살이랬어. 그 아이는 여우랑 다람쥐, 그리고 새들한테도 마법을 걸 수 있어. 디콘이 피리를 불면 동물들이 달려오거든."

"정말 마법 거는 걸 봤니?"

"봤어. 그런데 디콘은 그걸 마법이라고 하지 않아. 황무지에서 동물들의 습성을 배운 거라고 했어."

콜린은 메리의 이야기에 빠져들고 있었다.

"디콘은 새둥지에 대해서도 잘 알아. 여우와 오소리, 수달이 있는 곳도 알아. 예쁜 꽃들, 특히 히스꽃에 대해서 아니, 그러니까 디콘은 황무지의 모든 것을 알고 있어."

"그걸 어떻게 다 아니?"

"나도 처음 이곳에 올 땐 황무지가 소름끼치는 무서운 곳인 줄 알았어. 그런데 갈수록 그렇지 않다는 것을 느껴. 너도 그곳에 가 보면 좋을 텐데……."

"난 황무지에는 갈 수 없어!"

콜린은 기분이 좋지 않은지 이마를 찡그렸다.

"아니야, 넌 그곳에 갈 수 있어."

"황무지에? 내가? 난 죽을 거야. 곧 죽을 거라고! 모두 내가 죽기를 바라고 있어!"

메리는 그런 콜린을 동정해 주고 싶지 않았다.

"만약에 사람들이 내가 죽기를 바란다면, 난 절대로 죽지 않을 거야. 그런데 누가 네가 죽기를 바란다는 거니?"

"하인들도 그렇고, 사촌인 크레이븐 박사도 그래. 내가 죽으면 미셀스와이트를 차지하게 될 테니까. 우리 아버지도 그렇게 생각하는 것 같아."

콜린과 메리는 한참 동안 우두커니 앉아 있었다.

"런던에서 왔던 의사 선생님도 죽는다고 말했니?"

"아니. 그분은 사람이 죽고 사는 것은 그 사람의 마음에 달려 있다고 말했어."

"그럼 됐어. 네가 살고 싶다는 마음을 가지면 되잖아. 디콘이 네게 그런 마음을 심어 줄 수 있을 것 같아. 그 애는 죽는 것이나 아픈 것은 절대 말하지 않아. 날아다니는 새를 이야기하거나 땅에서 자라나는 것들을 찾아보거든."

그런 다음 메리는 정원에서 보았던 것들을 콜린에게 들려 주었다. 콜린은 메리의 말을 아주 열심히 들었고, 가끔씩 소리 내어 웃기도 했다. 그 사이 콜린은 처음으로 자신의 등이 약하다는 사실을 까마득히 잊고 꼿꼿한 자세로 앉아 있었다.

"그리고 이제 막 생각났는데……. 우린 사촌이야."

메리의 말에 콜린은 고개를 끄덕이며 소리 내어 웃었다.

그때 방문이 열리면서 사촌인 크레이븐 박사와 메들록 부인이 들어섰다.

"하느님, 맙소사!"

메들록 부인은 거의 쓰러질 정도였다.

콜린은 전혀 놀라지 않고 차분하게 말했다.

"이 아이는 내 사촌 메리 레녹스예요. 내가 메리에게 이 방에 와서 이야기를 해 달라고 부탁했어요. 내가 부르면 메리는 언제든지 나하고 이야기를 나눌 거예요."

크레이븐 박사는 화가 난 듯 메들록 부인을 쳐다보았다.

"박사님! 전 어떻게 이런 일이 일어났는지 알 수가 없어요. 감히 명령을 어기고 이야기했을 하인은 없는데 말이에요."

"메리한테 이야기한 사람은 없어. 내가 우는 소리를 듣고 찾아온 거니까. 나는 메리를 만나서 기뻐. 그리고 바보 같은 생각이나 말은 더 이상 하지 마. 알았어, 메들록?"

크레이븐 박사는 아무 말도 하지 않고 콜린의 맥박을 쟀다. 그

런 다음 간호사에게 몇 마디 주의를 주었다. 말을 많이 해선 안 된다는 것과 환자가 아프다는 것을 잊으면 안 되고, 또한 금방 피곤해진다는 사실을 절대 잊으면 안 된다는 것이었다.

"난 이제 그런 건 잊어버리고 싶어요. 그래서 메리하고 있고 싶은 거예요."

크레이븐 박사는 방을 나가면서 메리를 쏘아보았다. 고집스런 아이의 어디가 좋다는 것인지 알 수 없다는 표정이었다. 그러나 콜린의 맥박이 힘차게 뛰는 것이나 표정이 밝아진 것은 부인할 수 없는 일이었다.

벌새의 둥지

일주일 동안 계속해서 내리던 비가 멈춘 뒤 하늘은 더욱 푸르렀다. 메리는 그동안 집 안에서 꼼짝할 수 없었지만, 나름대로 재미있는 한 주일을 보냈다. 콜린과의 만남 때문이었다.

메리는 날마다 콜린을 찾아가 몇 시간씩 대화를 나누었다. 그리고 콜린의 방에 있는 예쁜 그림책도 함께 읽었다. 즐거워할 때 보면 콜린은 전혀 아픈 아이 같지 않았다. 메리는 콜린이 비밀을 지킬 수만 있다면 비밀의 화원에 데려가고 싶었다. 그렇게만 된다면 콜린이 죽는다는 생각을 하지 않게 될 것 같았다.

메리는 마사가 한 말을 생각해 보았다. 마사는 메리에게 맑은 공기를 마셔서 몸이 좋아졌고, 얼굴에도 생기가 돌아 예뻐 보인다고 말했다. 따라서 콜린에게도 똑같은 방법을 쓰면 자신처럼 좋아질 수 있을 것 같았다. 하지만 콜린은 메리와 달리 정원에서 마주쳐야 할 디콘을 싫어할 수도 있었다.

어느 날 메리가 콜린에게 물었다.

"사람들이 널 쳐다보면 왜 싫은데?"

"나만 보면 수군거려서. 어릴 때 바닷가에 갔는데 난 휠체어에 계속 누워 있었어. 그런데 지나가던 부인들이 내 뺨을 어루만지며 불쌍하다고 말했어. 그래서 한 번은 어떤 부인의 손을 꽉 물어 버렸어."

"어머나! 그럼 내가 네 방에 갔을 때는 왜 가만히 있었니?"

"유령인 줄 알았어. 유령한테는 덤빌 수 없잖아. 난 기운도 없으니까."

메리는 콜린을 향해 조심스럽게 물었다.

"만약에 말야, 어떤 남자아이가 너를 계속 바라본다면 그것도 싫겠니?"

쿠션에 등을 기대고 있던 콜린은 잠시 동안 생각을 하더니 천천히 말했다.

"그 아이가 만약에 디콘이라면 괜찮을 것 같아. 새나 동물도 좋아하고 마법사이기도 하잖아."

메리는 그 말을 듣고 웃음을 터뜨렸다. 메리는 디콘 때문에 걱정할 필요가 없었다.

다음날도 하늘이 맑게 개어 메리는 기분이 상쾌했다. 메리는 커튼을 젖히고 창문을 열었다. 시원하고 맑은 황무지의 공기가 순식간에 불어 왔다. 황무지는 마법에 걸려 온통 푸른색으로 변해 있었다. 메리는 서둘러 계단을 내려갔다. 푸른 잔디 위에 따스한 햇빛이 비쳤다. 사방에서 새들의 노랫소리가 아름답게 들렸다.

메리는 비밀의 화원으로 달려갔다. 담쟁이덩굴을 젖히고 문을 여는 순간, 메리는 화들짝 놀라고 말았다. 담 위에서 까만색 깃털을 자랑하며 소리치고 있는 까마귀 때문이었다. 문을 열자 까마귀는 사과나무에 내려앉았고, 사과나무 아래에는 누런빛 털을 가진 동물이 앉아 있었다. 둘은 디콘이 일하는 것을 바라보고 있었다.

"디콘! 너 언제 왔니? 해가 이제 막 솟았잖아."

"에이, 나는 항상 일찍 일어나요. 그리고 이 좋은 날씨에 늦잠을 잘 수 있겠어요? 화원이 날 기다리고 있잖아요."

까마귀가 내려와 디콘의 어깨 위에 앉았다. 누런 빛깔의 동물도 디콘 옆으로 다가섰다.

“이 녀석은 새끼 여우고, 이름은 캡틴이에요. 이 까마귀는 수트 라고 부르고요.”

디콘은 동물들을 놀랍도록 잘 다루었다. 메리는 신기한 듯 그 모습을 바라보았다.

“아가씨, 여기 좀 보세요. 장미나무 잎눈이 부풀어 올랐어요. 여기도, 이것도, 또 여기도요.”

그것뿐만이 아니었다. 땅에서는 수만 개의 초록색 싹들이 올라 오고 있었다.

“가만! 움직이지 마세요! 저기에 벌새가 보금자리를 만들고 있 어요. 우리가 놀라게 하지 않으면 머지않아 여기서 새끼를 볼 수 있을 거예요.”

“그렇다면 벌새 이야기는 그만 하고 다른 이야기, 그래 콜린 이 야기를 하자. 혹시 콜린을 아니?”

“메리 아가씨는요?”

“콜린을 만났어. 콜린은 자신이 죽을 거라는 말을 했어. 우리 고모부도 정말 그렇게 생각하실까?”

메리는 디콘에게 콜린을 만난 이야기를 해 주었다.

“우리 어머니는 그런 말이 제일 나쁘다고 하셨어요. 주인님은 아이가 태어나지 않았으면 좋았을 거라고 하셨대요. 자라서 꼽추가 될까 봐서요."

디콘은 거기서 말을 멈추고 화원을 둘러보았다.

"도련님이 이곳에 나올 수만 있으면 등에 난 혹 생각은 더 이상 하지 않을 것 같아요. 정신을 다른 곳에 쏟으면 건강해질지도 모르잖아요. 우리가 도련님을 이곳으로 오게 할 방법이 없을까요?"

"나도 콜린을 만나면서 여러 번 그 생각을 했어. 다른 사람들한테 들키지 않고 어떻게 이곳으로 데려올지, 콜린이 이 비밀을 지킬 수 있을지, 뭐 그런 생각이야. 네가 휠체어를 밀 수 있으니까 하인들을 시켜 이곳에 데려오기만 하면 될 것 같은데 말야. 그런 다음 콜린이 물러서 있게 하면 하인들은 눈치채지 못할 거야."

"틀림없이 도련님을 이곳에 데려올 수 있을 겁니다!"

디콘이 다짐하듯 말했다.

오랜만에 찾은 비밀의 화원에선 할 일이 참 많았다. 메리는 점심 시간이 훨씬 지나서 저택으로 돌아와 늦은 점심을 먹었다.

"콜린한테는 내가 바빠서 보러 갈 수 없다고 말해. 정원에서 일하느라 아주 바빠."

메리는 마사에게 부탁을 했다.

"제가 그 말씀을 드리면 도련님이 가만히 계실 것 같아요? 펄

펄 뛰실 거라고요.”

“그래도 할 수 없어. 디콘이 기다린단 말야.”

비밀의 화원으로 돌아온 메리는 오후 내내 잡초를 뽑았다. 디콘은 장미 가지치기를 했고, 거름을 주기 위해 둘레를 파 놓았다. 새끼 여우와 까마귀는 두 아이를 따라다니며 떠날 줄을 몰랐다. 해가 서쪽 하늘로 사라지기 시작하자 두 아이는 그제야 일손을 멈추었다.

“내일도 오늘처럼 일찍 와서 일하고 있을게요.”

“나도 일찍 올게.”

메리는 디콘과 헤어진 뒤 콜린에게 오늘의 일을 이야기하려고 했다. 그러나 마사의 얼굴이 시무룩한 것을 보자 기분이 언짢아지고 말았다.

“콜린이 뭐라고 했어?”

“아가씨가 도련님이 화내는 걸 봤어야 해요. 도련님은 계속 시계만 들여다보고 있었어요.”

메리는 순간 콜린이 미워졌다. 성격도 나쁜 콜린이 왜 자기가 좋아하는 일을 방해하는지 알 수가 없었다.

메리가 콜린 방에 갔을 때, 콜린은 침대에 누워서 메리를 쳐다보지도 않았다. 메리는 퉁명스럽게 말했다.

“일어나지도 않니?”

“아침에 네가 올 줄 알고 일어났다가 오후에 누웠어. 여태 뭘 한 거야?”

“디콘이랑 정원에서 일했어.”

콜린은 얼굴을 찌푸리며 메리에게 명령했다.

“디콘한테 가느라 내 방에 오지 않으면 그 아이를 여기에 못 오게 할 거야!”

메리는 그 말을 듣고 무척 화가 났다.

“디콘을 이곳에 못 오게 하면 난 다시는 널 안 만날 거야!”

“내가 오라면 오는 거야!”

“난 네 하인이 아니야! 난 안 와!”

“사람들을 시켜 끌어오게 할 거야!”

“그렇게만 해 봐. 난 여기서 말 한 마디 하지 않을 거야! 너를 쳐다보지도 않을 거야!”

메리는 흥분해서 목소리가 점점 커졌다.

“넌 이기적인 아이야!”

콜린도 지지 않고 소리쳤다.

“넌 내가 본 사람 가운데 가장 이기적이야. 고집쟁이에다 울보 떼쟁이라고!”

"디콘만큼은 아니야! 그 녀석은 내가 혼자 있다는 것을 알면서도 너를 붙잡고 흙장난을 했어!"

"디콘을 욕하지 마! 디콘은 누구보다 착한 아이야. 천사와 같단 말이야!"

"천사? 황무지 오두막에 사는 천한 천사 말이지?"

콜린도 바싹 약이 올라 있었다.

"야비한 도련님보다 백 배, 천 배 나아!"

메리는 지지 않고 대들었다.

콜린은 태어나 그처럼 맹렬하게 싸워 본 적이 없었다. 콜린은 분해서 머리를 베개에 묻었다. 눈물이 베개를 적셨다.

"난 너처럼 이기적이지 않아! 늘 아프고 언젠가는 내 등에서 혹이 나올 거라고! 그리고 얼마 안 있으면 죽을 거고!"

"바보 멍청이! 넌 안 죽어! 그런 말 들으면 내가 동정할 줄 알고? 그리고 내가 네 말 다 들어줄 것 같아 그러는 거지? 네가 착한 아이라면 몰라도 넌 아주 나쁜 아이야!"

메리가 소리쳤다.

콜린은 눈을 번쩍 떴다. 그런 말은 처음 들어 보았기 때문이다. 콜린은 너무 화가 나서 등이 아픈 것도 잊고 벌떡 일어섰다.

"나가! 당장 나가!"

콜린은 메리에게 베개를 집어던졌다.

"갈 거야. 그리고 다시는 여기 안 와! 너한테 재미있는 이야기를 해 주려고 했어. 디콘이 데리고 온 여우랑 까마귀 이야기를 해 주려고 했어. 하지만 이젠 아니야. 네게 아무것도 말해 주고 싶지 않아!"

메리는 문까지 걸어가서 획 돌아서며 말했다.

메리는 문밖으로 나오다 간호사와 맞닥뜨렸다. 간호사는 손으로 입을 막고 낄낄대고 있었다.

"뭐가 그렇게 우스워요?"

"두 분이 싸우는 게 우습죠. 응석받이는 자기와 똑같은 상대가 있어야 버릇이 고쳐진대요."

"콜린은 정말 죽게 되나요?"

"도련님 병은 반이 히스테리예요."

"히스테리?"

"나중에 아가씨가 도련님의 화를 돋우면 그때 히스테리가 뭔지 알 수 있을 거예요."

간호사는 그렇게만 말했다.

방으로 돌아온 메리는 기분이 나빠졌다. 그렇지만 콜린이 가엾다는 생각은 들지 않았다.

마사는 궁금한 얼굴로 메리를 기다리고 있었다. 그 옆에는 나무 상자 하나가 놓여 있었다.

"주인님이 보내신 거예요."

상자 안에는 콜린이 가지고 있는 것과 비슷한 책들이 들어 있었다. 그 가운데 두 권은 화원에 관한 것이었고, 그림이 가득 실려 있었다. 금박으로 이름 첫 글자를 새긴 필통과 펜, 그리고 잉크와 스탠드도 있었다.

"고모부한테 감사 편지를 써야지!"

그러나 방금 전에 있었던 콜린과의 다툼이 점점 메리의 마음을 답답하게 만들었다. 문득 콜린이 했던 말이 생각났다. 콜린은 자신이 꼽추가 될지도 모른다는 두려움 때문에 신경질을 부린다고 했다. 메리는 그제야 복도 쪽을 바라보며 중얼거렸다.

"다시는 안 가겠다고 했지만 콜린이 좋다면 아침에 가 봐야지. 또 베개를 던질지 모르지만, 그래도 가 봐야 할 것 같아."

콜린의 히스테리

한밤중에 메리는 잠에서 깨어났다. 무시무시한 소리가 들려왔기 때문이다.

"이게 무슨 소리지?"

여기저기서 문이 열리고 닫히는 소리가 들렸다. 복도를 급히 뛰어가는 소리도 들렸다. 누군가 갑자기 비명을 지르며 크게 울부짖는 소리도 들렸다.

메리는 짐작했다. 콜린이 간호사가 말한 히스테리를 일으키고 있는 것 같았다. 메리는 그 소리가 듣기 싫었다. 어리광처럼 들렸고, 게다가 메리는 남의 화를 받아 주는 데 익숙지 못했다.

그때 간호사가 헐레벌떡 달려와 메리를 찾았다.

“도련님이 히스테리를 일으키고 있어요. 아무도 못 말려요. 아
가씨가 가서 어떻게 좀 해 보세요. 도련님은 아가씨를 좋아하잖
아요.”

“콜린은 나를 내쫓았어요.”

메리가 발을 구르며 말하자, 간호사는 고개를 끄덕였다.

“가서 그렇게 야단 좀 쳐 주세요!”

메리는 간호사를 따라 복도를 달려갔다. 콜린의 방에 가까이
갈수록 메리의 노여움은 점점 더해 갔다. 메리는 콜린의 방문을
열어젖히고 소리쳤다.

“너 같은 앤 정말 보기 싫어! 이러니까 사람들이 네가 죽기를
바라는 거야. 난 사람들이 널 혼자 이 집에 놔두고 다 나가 버렸
으면 좋겠어. 네가 죽을 때까지 비명을 지르게 내버려 뒀으면 좋
겠다고!”

흥분하여 날뛰던 콜린은 메리를 물끄러미 바라보았다.

조금 뒤 콜린의 창백한 얼굴에 눈물까지 흘렀지만 메리는 꿈쩍
도 하지 않았다.

“만약 네가 다시 소릴 지르면 내가 더 크게 소릴 질러 널 놀라
게 할 거야!”

콜린은 비명을 참느라 눈물을 계속 흘렸고, 온몸을 부들부들

떨고 있었다.

"멈출 수가 없어. 난 못 하겠어."

"할 수 있어. 그건 바보 같은 히스테리야!"

"아냐! 내 등에 난 혹을 만졌어. 난 꼽추가 될 거란 말야. 곧 죽게 될 거고!"

그런 다음 콜린은 베개에 얼굴을 묻고 흐느꼈다. 하지만 더 이상 비명을 지르지는 않았다.

"혹은 무슨 혹! 네 등에는 아무것도 없어. 돌아누워 봐. 간호사, 여기 와서 콜린의 등 좀 내게 보여 주세요."

간호사와 메들록 부인이 옆에서 지켜보고 있다가 매우 놀라는 표정을 지었다. 간호사는 겁에 질린 얼굴로 메리에게 말했다.

"도련님이 그걸 허락하실지……."

콜린이 힘없이 말했다.

"보여 줘. 보고 나면 메리도 알겠지."

옷을 벗겨 보니 콜린의 등은 보기에도 처참할 정도로 말라 있었다. 갈비뼈가 드러날 정도였다. 등뼈도 마찬가지였다. 메리는 몸을 굽히고 아주 천천히 콜린의 등을 살펴보았다. 이윽고 메리가 입을 열었다.

"혹 같은 것은 없어. 등뼈가 튀어나온 것 말고는 아무것도 없어. 이제부터 혹 어쩌고 말하면 비웃어 줄 거야! 알았어?”

그 말의 효과는 콜린만이 알고 있었다. 만일 콜린에게 마음을 터놓고 이야기할 친구가 옆에 있었더라면 자신의 병이 마음에서 나온 것이란 걸 이미 알았을 것이다. 그러나 콜린에게는 지금까지 친구가 없었다. 콜린은 메리의 말이 사실일지도 모른다는 생각을 했다.

“도련님이 그렇게 생각하실 줄은 몰랐어요. 그렇다면 진작에 혹이 없다고 말했을 텐데 말이에요.”

간호사도 용기를 내어 말했다.

"저, 정말이야?"

"누구 앞인데 거짓말을 해요. 정말이고말고요!"

콜린은 안도감을 느끼며 한참 동안 흐느껴 울었다.

잠시 후 간호사를 바라보는 콜린은 조금 전의 콜린과 완전히 다른 얼굴이었다.

"나도 어른이 될 때까지 살 수 있을까?"

간호사는 런던에서 온 의사의 말을 전해 줄 수밖에 없었다.

"화를 내지 않고 신선한 공기를 마시며 생활하면 틀림없이 오래 살 거예요."

그 순간 콜린의 히스테리는 멈추었다. 콜린은 소리를 지르며 우느라 기운이 없었다. 콜린은 메리 쪽으로 손을 내밀었다. 메리도 이제는 화가 가라앉아서 부드러워졌고, 손을 뻗어 콜린의 손을 마주 잡았다.

"나 이제 너랑 같이 밖에 나갈래. 신선한 공기를 싫어하지 않을 거야. 만일 디콘이 와서 내 휠체어를 밀어 준다면 너희들이랑 같이 나가고 싶어. 디콘도 까마귀도 다람쥐도 다 보고 싶어."

그 사이 간호사가 다가와 구겨진 침대 시트를 다시 펴고 베개를 반듯하게 놓아 주었다. 메들록 부인과 마사는 미소를 지으며 방에서 나갔다.

"콜린은 내가 재워 줄게요. 먼저 가서 자요."

메리는 하품을 하는 간호사를 향해 말했다.

"도련님이 주무시지 않으면 나를 부르세요."

간호사는 얼른 나가 버렸다.

"아까 와서 나한테 해 줄 이야기가 있다고 했지? 비밀의 화원에 들어가는 문이라도 발견한 거니?"

콜린의 지친 얼굴을 보며 메리는 마음이 누그러졌다.

"곧 찾을 것 같아."

"그럼 네가 상상하는 화원 이야기를 들려 줘. 내가 그곳에만 들어가면 어른이 되어도 살 수 있을 것 같아."

"그래, 눈을 감아 봐."

메리는 부드러운 목소리로 천천히 비밀의 화원에 대해 이야기했다. 콜린은 어느새 잠이 들었다.

비밀의 화원

다음날, 메리는 늦잠을 잤다. 마사가 아침을 가지고 와서 콜린이 열이 나고 아프다고 말했다.

"아침에 도련님이 저에게 '메리가 나한테 올 수 있는지 물어봐 줘. 부탁해.'라고 했어요. 도련님이 부탁한다는 말을 했단 말이에요. 가실 거죠?"

"디콘 먼저 만나야 해."

그러나 메리는 생각을 바꾸었다.

"아니, 콜린을 먼저 만나야겠어."

메리는 모자를 쓰고 콜린의 방으로 갔다.

콜린은 모자를 쓴 메리를 보고 실망했다.

"네가 와서 기뻐. 그런데 어딜 가려고?"

"오래 안 걸려. 디콘한테 갈 거야. 콜린, 이건 비밀의 화원에 관한 일이야."

순간 콜린의 얼굴이 밝아졌다.

"그래? 난 어젯밤에 비밀의 화원에 대한 꿈을 꾸었어. 좋아, 네가 갔다 올 때까지 그곳을 생각하고 있을게."

5분쯤 뒤 메리는 디콘과 함께 화원에 있었다. 디콘 옆에는 여우와 까마귀가 있었다. 이번에는 다람쥐 두 마리도 함께였다.

"조랑말을 타고 왔어요. 조그맣고 아주 귀여운 녀석이에요. 다람쥐는 호주머니에 넣어 가지고 왔지요. 이 녀석은 '땅콩'이고, 저 녀석은 '호콩'이라고 해요."

다람쥐들은 디콘의 발 아래와 나뭇가지 위에서 두 사람을 바라보고 있었다.

메리는 콜린과의 약속이 생각났다. 하지만 이렇게 즐거운 곳을 두고 저택으로 돌아가기가 싫었다.

메리가 콜린의 이야기를 하자, 디콘은 매우 안타까운 얼굴로 듣고 있었다.

"도련님은 집 안에만 있으니까 쓸데없는 생각을 하는 거예요. 우리가 꼭 도련님을 이곳으로 데려와야 해요. 새들의 노래도 들려 주고 맑은 공기도 마시게 해야 해요."

"그래. 내가 콜린에게, 내일 아침 네가 동물들을 데리고 와도 좋은지 물어볼게. 그리고 꽃봉오리가 맺히면 그때 콜린을 데리고 와서 구경시켜 주자. 네가 휠체어를 밀면 되잖아."

"그렇게 하겠어요. 그리고 요크셔 사투리로 도련님께 이야기해 보세요. 웃음은 병을 달아나게 한다고 했어요."

메리가 둘러본 화원은 밤낮으로 마법사가 지팡이를 휘두르는 것 같았다. 메리는 콜린과의 약속을 지키기 위해 그곳을 떠났다. 메리가 콜린의 방으로 들어서자 콜린이 코를 킁킁거렸다.

"너한테서 향기로운 냄새가 나. 신선한 냄새도 나고."

"황무지에서 불어 오는 바람 냄새야. 밖은 봄이라서 무척 따뜻하고 향기도 좋아."

메리는 요크셔 사투리로 말을 했다.

"사투리로 말하니까 진짜 웃기는데?"

콜린은 메리가 하는 말을 들으며 큰 소리로 웃었다.

"메리, 디콘을 쫓아내겠다는 말 취소할게. 네 이야기를 듣고 보니 디콘은 정말 천사 같아."

"나도 그래. 천사라고 한 것은 좀 심했지? 만일 요크셔에 천사가 있다면, 그 천사는 디콘처럼 나무와 풀, 그리고 동물을 사랑해서 그것들을 어떻게 기르고 다뤄야 하는지 알고 있을 것 같아. 동물이나 식물들도 진짜 천사를 알아볼 테니까."

"그런 디콘이라면 나를 쳐다봐도 괜찮을 것 같아."

"네가 그렇게 말해서 정말 기뻐. 왜냐하면…… 디콘이 내일 아침에 널 보러 이곳에 올 거야. 동물들도 데리고 말야."

"정말? 우와, 기대된다!"

콜린은 너무나 기뻐서 소리를 질렀다.

그 모습을 보고 메리는 용기를 얻었다.

"콜린, 그게 전부가 아니야. 그 다음이 더 중요해. 비밀의 화원으로 들어가는 문을 찾았어. 담쟁이덩굴 밑에 있어. 드디어 내가 찾아냈어."

"오! 메리! 내가 그곳을 볼 수 있겠지? 살아서 화원에 들어가 볼 수 있겠지?"

콜린은 거의 울먹이듯 말했다.

"당연하지! 넌 그곳에 들어갈 수 있어. 더 이상 그 바보 같은 소리 좀 하지 마."

메리는 비밀의 화원이 어떤 곳인지 설명해 주었다.

“네가 상상했던 것하고 똑같구나!”

“저, 사실은…… 몇 주 전에 그 열쇠를 찾았어. 하지만 난 너를 믿을 수 없었어. 그래서 말을 못 했어. 난 다른 사람한테 그 화원을 빼앗기고 싶지 않아.”

다음날 오후, 크레이븐 박사가 저택으로 찾아왔다. 메들록 부인은 콜린이 히스테리를 부리고 나면 박사를 모셔 오곤 했다. 박사가 와서 보면 콜린은 언제나 창백한 얼굴에 덜덜 떠는 모습으로 침대에 누워 있었다. 게다가 신경은 여전히 날카로워서 말 한마디에도 금세 흐느낄 것 같은 얼굴이었다. 사실 크레이븐 박사는 그런 방문을 아주 싫어했다.

“콜린은 어떻소? 아마 그렇게 발작을 일으키다 핏줄이 터져 죽고 말 거예요. 아이가 히스테리로 머리가 반은 돌아 버렸으니까.”

크레이븐 박사는 메들록 부인을 향해 짜증스럽게 말했다.

“도련님을 보시면 깜짝 놀라실 거예요. 도련님과 맞먹을 정도로 고약한 사촌 아이가 도련님을 진정시켰어요. 그 애는 성난 고양이처럼 발을 구르며 그치라고 말했어요. 도련님이 놀랐는지 아무튼 그치고 말았지요. 그리고 조금 전에는 말이에요……. 아무튼 가 보세요. 믿을 수 없는 일이 일어났어요.”

메들록 부인이 콜린의 방문을 열었을 때, 박사는 그곳에서 새어 나오는 웃음소리와 이야기 소리를 들을 수 있었다. 콜린은 가운을 입고 소파에 꼿꼿이 앉아서 메리와 책을 읽고 있었다.

"지난 밤에 아팠다니 안됐구나, 콜린."

박사는 차갑게 말했다.

"난 이제 좋아졌어요. 이틀 뒤에는 휠체어를 타고 밖에도 나가 볼 거예요. 신선한 공기를 마시고 싶어요."

박사는 아무 말도 하지 않고 콜린의 맥박을 짚어 보았다.

"신선한 공기를 싫어하는 줄 알았는데?"

"전에는 그랬지만 이제는 내 사촌이 옆에 있어서 괜찮아요."

"간호사도 함께 나가야지?"

"필요 없어요. 메리가 돌봐 줄 거예요. 힘센 남자아이가 내 휠체어를 밀어 줄 거고요."

크레이븐 박사는 매우 놀랐다. 콜린의 달라진 표정이며 말투가 우선 그랬다. 게다가 아이가 건강해진다면 미셸스와이트의 재산을 상속받을 기회를 잃어버리는 것이었다. 그러나 그는 재산을 상속받기 위해 나쁜 일을 할 사람은 아니었다.

"튼튼한 아이라야 하는데, 그 아이가 누구지?"

"디콘이에요."

메리가 말했다. 크레이븐 박사의 얼굴에 미소가 떠올랐다.

"그 아이라면 안심이다. 그 아이는 황무지의 망아지처럼 튼튼하니까. 그리고 콜린, 너 어젯밤에 진정제 먹었니?"

"아니요. 이제 그런 약은 먹지 않아도 돼요. 메리가 날 진정시켜 주었어요."

"그것 참 다행이다. 네가 많이 좋아진 것이 분명하구나. 그러나 기억할 것은……."

"그만하세요. 나는 이제 아프다는 것을 더 이상 기억하고 싶지 않아요. 난 이제 아프지 않다는 사실을 깨닫게 될 거예요. 메리가 도와줄 거예요."

크레이븐 박사는 어느 때보다도 빨리 집으로 돌아갔다.

그날 밤, 콜린은 아주 편안하게 잠을 잤고, 거뜬한 마음으로 다음날 아침을 맞이했다. 콜린은 침대에 누운 채로 기지개를 켰다. 그 순간 온몸에 묶여 있던 끈들이 우두둑 소리를 내며 끊어지는 것 같았다. 몸이 훨씬 가벼워졌다는 것을 콜린도 느낄 수가 있었다. 콜린이 눈을 뜬 지 얼마 지나지 않아, 복도를 달려오는 소리가 들렸다.

"벌써 밖에 나갔다 왔구나. 풀잎 냄새가 나는 것 같아."

콜린이 메리를 바라보며 소리쳤다.

메리는 숨을 헐떡이며 말했다.

"봄이 왔어. 여길 봐!"

메리는 창문을 열어젖혔다.

"이게 신선한 공기야. 누워서 공기를 한껏 들이마셔 봐. 디콘은 황무지에 누워서 그렇게 한댔어. 그러면 혈관에까지 신선한 공기가 들어간댔어. 그것이 자기를 강하게 하는 거래. 영원히 살 수 있을 것처럼 느껴지기도 하고 말야. 자, 신선한 공기를 자꾸 들이마셔 봐."

콜린은 신선한 공기를 깊이 들이마셨다.

"오늘 디콘이 여우랑 까마귀랑 다람쥐랑 새끼 양을 데리고 올 거야."

메리가 말하는 새끼 양의 등장은 이랬다. 메리는 사흘 전 디콘에게서 길 잃은 새끼 양의 이야기를 듣고 함께 가 보았다. 디콘은 새끼 양을 오두막에 두고서 우유를 먹였다.

그날 메리는 새끼 양을 만져 보고 기뻐서 어쩔 줄을 몰랐다. 그 이야기를 콜린에게 들려주고 있는데 간호사가 들어왔다.

"도련님, 춥지 않으세요?"

"난 신선한 공기를 마셔야 해. 소파에 앉아서 아침을 먹을 테니까 내 사촌 것도 함께 가져와."

아침을 가져오자, 콜린은 인도의 어린 임금처럼 다시 간호사에게 말했다.

"어떤 남자아이가 여우와 까마귀, 그리고 다람쥐와 새끼 양을 데리고 올 거야. 오면 즉시 2층으로 올려보내."

"네, 알았어요."

간호사가 대답했다.

"그 아이는 마사의 동생이야. 마사더러 이리로 데리고 오라고 해."

콜린과 메리는 신선한 공기를 마시며 아침 식사를 했다.

"너도 나처럼 곧 살이 찔 거야. 난 인도에 있을 때는 아침밥이 먹기 싫었는데 지금은 아니야."

"나도 지금은 맛있어. 신선한 공기 때문일 거야. 그런데 디콘은 언제 오니?"

그런 다음 10분도 안 되어 메리가 콜린의 말을 막았다.

"들리지? 까마귀 소리가 나는 것 같지?"

"그래, 까마귀 소리야."

"양의 울음소리도 들리지? 조그맣기는 하지만……. 새끼 양이 온 거야."

"아, 들린다, 들려!"

콜린의 얼굴에 생기가 돌았다.

곧이어 마사가 디콘이 왔다고 알려 주었다.

디콘이 콜린의 방으로 들어왔다. 새끼 양은 디콘의 팔에 안겨 있었고, 붉은여우는 디콘을 따라 걸어 들어왔다. 까마귀는 디콘의 오른쪽 어깨에, 그리고 다람쥐 한 마리는 왼쪽 어깨에 앉아 있었다. 또 한 마리는 디콘의 주머니에서 고개를 내밀었다.

콜린은 동물과 친구가 된 남자아이를 처음 보았다. 디콘은 조금도 수줍어 하지 않고 새끼 양을 콜린의 무릎 위에 올려놓았다. 새끼 양은 따뜻한 벨벳 가운에 머리를 대더니 콜린의 옆구리를 툭툭 건드렸다.

"얘가 지금 뭐 하는 거야?"

콜린은 당황해하며 물었다.

"엄마를 찾는 겁니다. 도련님이 젖 먹는 새끼 양의 모습을 보면 좋아할 것 같아 배가 조금 고픈 상태로 데리고 왔어요."

디콘은 무릎을 꿇고 주머니에서 우유병을 꺼냈다. 새끼 양은 디콘이 내미는 우유병을 열심히 빨기 시작했다. 콜린은 신기한 듯 넋을 놓고 바라보았다.

세 아이는 잠시 뒤 화원에 대한 그림책을 꺼내 보았다. 디콘은 그곳에 나와 있는 꽃이나 시골 이름을 잘 알고 있었다.

디콘이 '아킬레지아'라고 씌어 있는 꽃을 가리키며 말했다.

"우리는 이것을 '참매발톱꽃'이라고 하지요. 이건 금어초라고 하고요. 정원에 참매발톱꽃이 있어요. 꽃이 피면 파랗게 생긴 것이 꼭 흰나비 떼가 팔랑거리는 것처럼 보이지요."

"난 반드시 화원에 가 볼 거야!"

콜린이 만세를 부르듯 두 팔을 치켜들고 크게 소리쳤다.

나는 오래오래 살 거야

콜린은 일주일이 훨씬 더 지나서 바깥 나들이를 했다. 처음 며칠은 바람이 너무 세차게 불어서 그랬고, 그 다음에는 콜린에게 감기 기운이 있어서 그랬다. 그 사이 매일 디콘이 찾아왔고, 셋은 남의 눈에 띄지 않고 콜린을 비밀의 화원에 데리고 갈 궁리를 했다.

그렇게 하루하루 지내는 동안 콜린에게는 화원에 얽힌 비밀이 큰 매력으로 다가왔다. 그 비밀은 깨어져서도 안 되고 비밀이 있다는 것을 사람들이 눈치채서도 안 되었다.

콜린이 두 아이의 도움을 받아 바람이나 쐬러 나온 정도로만 알아야 했다. 셋은 그 작전을 세우느라 시간 가는 줄을 몰랐다.

전쟁터에 나간 장군들이 작전을 짜듯, 아주 진지하게 어떤 길을 택해야 안전할지에 대해 오래오래 이야기를 나누었다.

콜린의 방에서 새로운 일들이 일어나고 있다는 소문은 집 안의 하인들에게서 마구간 일꾼에게로, 다시 정원을 가꾸는 인부들에게까지 퍼져 나갔다. 인부들의 감독인 로치 씨의 귀에도 그 소식이 들렸다.

그러던 어느 날, 로치 씨한테 도련님이 부른다는 전갈이 왔다. 로치 씨는 순간 깜짝 놀랐다.

"사람을 만나기 싫어하는 도련님이 한 번도 본 적이 없는 나를 부르시다니, 이건 정말 이상한 일이야."

로치 씨는 옷을 갈아입고 메들록 부인을 따라갔다.

콜린의 방 문을 여니 커다란 까마귀가 사람이 왔음을 알렸다. 콜린은 안락 의자에 앉아 있었고, 그 옆에서 디콘이 새끼 양에게 우유를 먹이고 있었다. 인도에서 온 조그마한 여자아이는 동그란 의자에 앉아서 그걸 바라보고 있었다.

"로치 씨가 왔습니다."

메들록 부인이 말했다.

"당신이 로치 씨야? 내가 중요한 일을 부탁하려고 불렀어."

"네, 네, 도련님."

로치 씨는 공원에 있는 참나무를 모두 베어 내라든가 아니면 과수원을 연못으로 만들라든가 하는 명령을 듣지나 않을까 불안했다.

"내가 오후에 집밖으로 나갈 거야. 만약 신선한 공기가 아주 좋으면 매일 나가 볼 생각도 하고 있어. 그러니까 내가 나갈 때는 화원 근처에 사람들이 얼씬거리지 않게 해 줘. 두 시쯤 나갈 거니까 되도록 멀리 떨어져 있도록 해."

로치 씨는 참나무와 과수원이 안전해서 안심이었다.

그가 돌아간 뒤 디콘은 동물들을 데리고 화원으로 돌아갔다. 메리는 콜린의 방에 남아 있었다.

잠시 후 간호사가 와서 콜린의 외출 준비가 다 되었다고 알렸다. 힘센 하인이 와서 콜린을 안고 아래층으로 내려갔다. 그런 다음 휠체어에 콜린을 태웠다. 어느새 디콘이 그 옆에 와서 기다리고 있었다. 하인은 콜린의 등에 쿠션을 받쳐 주었다.

디콘은 휠체어를 밀기 시작했다. 메리는 그 옆을 따라가고, 콜린은 몸을 뒤로 기댄 채 푸른 하늘을 향해 얼굴을 들었다. 하늘은 너무나 푸르렀고, 구름은 마치 푸른 하늘에 날개를 펼치고 떠다니는 흰 새처럼 보였다. 콜린은 야윈 가슴을 들먹이며 신선한 공기를 힘껏 들이마셨다.

“음……, 이 향기가 뭐지?”

“지금 황무지에는 히스꽃이 활짝 피었습니다. 꿀을 따는 벌들은 신이 났을 거예요.”

디콘이 말했다. 콜린, 디콘, 메리가 가는 길엔 사람의 그림자도 보이지 않았다. 정원에서 일하는 인부들은 모두 마법으로 사라진 것이다. 그런데도 세 아이는 비밀을 간직하기 위해 관목숲 사이를 이리저리 돌아 걸었다. 드디어 담쟁이덩굴이 우거진 담 옆에 이르렀을 때, 세 아이는 흥분을 감출 수가 없었다.

“바로 여기야! 내가 산책하면서 이상하게 여겼던 곳이야.”

메리가 속삭이듯 말했다.

“문이 안 보여.”

콜린이 담쟁이덩굴의 담을 살펴보았다.

“나도 처음에는 그렇게 생각했어. 하지만 여기서 벌새가 담을 넘었어. 그 새가 나한테 열쇠 있는 곳을 가르쳐 주었어.”

메리가 가만가만 말했다.

“나도 그 새를 보고 싶어.”

콜린이 다시 말했다.

“이 담쟁이덩굴이 바람에 날려 이렇게 옆으로 밀렸던 거야.”

“아! 그랬구나.”

콜린은 덩굴 사이에 나타난 문을 보며 감탄했다.

"디콘, 휠체어를 빨리 안으로 밀어 넣어! 어서!"

디콘은 단 한 번에 휠체어를 화원 안으로 밀어 넣었다.

콜린은 놀란 눈으로 그 안을 둘러보았다. 초록색 베일을 드리운 것처럼 그곳은 온통 초록색 잎사귀로 뒤덮여 있었다. 담 위에도, 땅 위에도, 나무 위에도 온통 초록색뿐이었다. 게다가 나무 아래와 정자의 회색 꽃항아리 밑에는 향기로운 꽃들이 피어 있었다. 콜린의 머리 위로는 분홍색과 눈처럼 하얀 꽃들이 얼굴을 내밀었고, 그 사이사이를 새들이 날고 있었다.

메리와 디콘은 가만히 서서 콜린을 지켜보았다. 상아색 피부 같던 콜린의 얼굴은 어느새 분홍색으로 물들었다.

"난 꼭 나을 거야. 건강해질 거야. 건강해져서 아주 오래오래 살 거야!"

콜린은 이제 목소리까지 달라져 있었다.

벤 할아버지

메리와 디콘은 콜린의 휠체어를 밀고 눈처럼 새하얀 꽃이 피어
있는 자두나무 아래로 갔다. 그곳은 마치 요정 나라의 왕이 앉아
서 쉬는 아름다운 우산 속 같았다. 꽃에는 수많은 벌들이 날아들
고, 꽃봉오리가 맺힌 사과나무와 배나무는 아주 가까운 곳에서
자두나무를 감싸고 있었다. 희고 붉은 아름다운 꽃들이 나무 사
이를 수놓고, 그 틈새로 따뜻한 햇살이 사뿐히 내려와 있었다.

디콘은 콜린이 탄 휠체어를 세워 놓고 풀밭 위에 주저앉았다.
디콘은 주머니에서 피리를 꺼냈다.

그때, 콜린이 입을 열었다.

"저기 있는 나무는 꽤 오래된 것 같아. 그렇지?"

메리와 디콘도 그 나무를 쳐다보았다. 잠시 침묵이 흘렀다.

"가지는 회색빛이고 잎사귀는 하나도 없어. 완전히 죽은 나무야. 그렇지?"

콜린이 확인하듯 다시 물었다.

"이제 곧 줄장미가 꽃을 피워 그 가지들을 덮을 겁니다. 그렇게 되면 죽은 나무처럼 보이지 않아요. 아주 아름다운 장미나무로 변한답니다."

디콘이 손으로 나무 모양을 그려 보이며 말했다.

"큰 가지 하나가 부러져 나간 것 같아. 어째서 저렇게 큰 가지가 부러져 나갔을까? 이상하지?"

"아주 오래전의 일이어서요……. 저길 보세요!"

디콘이 갑자기 소리를 질렀다.

"벌새예요! 제 짝에게 먹이를 갖다주려고 해요."

콜린은 디콘이 가리키는 곳에서 벌레를 물고 있는 벌새를 보았다. 가슴이 붉은 새는 푸른 잎이 우거진 나무 속을 화살처럼 날아서 화원 구석으로 사라졌다.

콜린은 쿠션에 등을 기대며 웃음 띤 얼굴로 말했다.

"벌새가 먹을 것을 물어다 주는 걸 보니까 지금 다섯 시가 다 된 모양이야. 나도 차를 마시고 싶어."

콜린의 말에 메리와 디콘은 기분이 좋아졌다. 세 아이는 벌새가 두세 번 더 먹이 나르는 것을 지켜보았다.

그때 콜린이 멋진 생각을 해냈다.

"집에 가서 바구니에 먹을 걸 담아 석류나무 길까지 가져다 놓으라고 해. 그러면 디콘이 가서 가져오면 되잖아."

잠시 후 그곳 잔디 위에는 하얀 보자기가 펼쳐졌다.

보자기 안에는 뜨거운 차와 버터 바른 토스트와 핫케이크가 있었다. 세 아이는 배가 고픈 참이어서 그것을 아주 맛있게 나누어 먹었다. 작은 새들이 무슨 일인가 싶어 내려와 앉았다가, 과자 부스러기를 입에 물고 달아났다.

햇살이 점점 황금빛으로 짙어져 갔고, 벌들은 이미 집으로 돌아가고 없었다. 날아다니는 새들도 점점 그 수가 줄어들었다.

콜린은 쿠션에 등을 기대고 있었고, 디콘과 메리는 잔디 위에 편안한 자세로 앉아 있었다. 콜린의 얼굴빛은 햇살을 받아서인지 건강해 보이기까지 했다.

"오후가 지나는 게 너무 아쉬워. 하지만 내일 다시 올 거야. 그리고 봄을 봤으니까 여름도 볼 거야. 여기서 자라고 있는 모든 것을 다 보고 싶어. 나도 여기서 같이 자랄 거야."

콜린이 힘 있는 목소리로 말했다.

"반드시 그렇게 될 거예요. 머지않아 도련님도 다른 사람들처럼 씩씩하게 걸어다니며 땅도 파고 씨앗도 뿌리게 될 것입니다."

디콘이 상냥하게 말했다.

"내가 걷는다고? 땅을 판다고? 어떻게?"

디콘을 바라보는 콜린의 눈은 아주 진지했다.

그러고 보니 디콘도 메리도 아직까지 콜린의 다리에 무슨 문제가 있는지 물어본 적이 없었다.

"두 다리로 걷는 것이지요. 도련님도 다른 사람들처럼 다리가 있으니까요."

"다리가 있지만 내 다리는 너무 가늘고 약해. 힘도 없어. 다리가 떨려서 딛고 일어서기가 겁이 나."

메리와 디콘은 안도의 숨을 내쉬었다.

"겁만 내지 않으면 설 수 있어요. 한 번 서 보면 겁나는 것도 없어져요."

"정말 그럴까?"

디콘의 말에 콜린은 자신 없이 대꾸했다. 그런 다음 셋은 아주 잠시 동안 조용히 있었다. 해님은 이제 아주 낮게 내려와 있었다. 그 시간이면 동물들도 한 자리에 모여 쉬고 있을 것이다. 그런데 그 고요함을 깨고 콜린이 소리쳤다.

"저 사람은 누구지?"

디콘과 메리는 깜짝 놀라 벌떡 일어섰다. 콜린이 가리킨 높은 담 쪽에 벤 웨더스타프 할아버지의 얼굴이 보였다.

벤 할아버지는 그곳에서 성난 얼굴로 아이들을 노려보았다. 벤 할아버지는 메리를 향해 주먹질을 해댔다.

"내가 홀아비가 아니고 아가씨가 만약 내 딸이라면 가만두지 않았을 거예요!"

벤 할아버지는 당장에라도 뛰어내릴 것처럼 사다리를 위로 한 단계 올렸다. 그러나 생각을 바꾸었는지 메리에게 먼저 물었다.

"도대체 어떻게 들어갔어요?"

"벌새가 가르쳐 주었어요. 벌새는 가르쳐 주려고 하지 않았는지도 몰라요. 하지만 벌새 때문에 이곳에 들어올 수 있었어요. 할아버지가 주먹을 휘두르면 더 이상 말하지 않겠어요."

그 순간 벤 할아버지는 주먹 흔드는 것을 멈추고 자신을 향해 다가오는 휠체어를 바라보았다. 그리고는 입을 딱 벌리고 말았다. 까만 속눈썹이 난 커다란 눈에다 가늘고 하얀 손을 오만하게 내밀고 있는 어린 임금이, 화려한 쿠션에 기댄 채 앉아 있었다. 무릎 덮개가 있는 그 마차는 임금의 마차처럼 화려해 보였다.

"내가 누군지 아느냐?"

어린 임금이 물었다.

벤 할아버지는 너무 놀라 말을 하지 못했다. 자신의 앞에 앉은 어린 임금이 마치 유령이라도 되는 듯 놀란 얼굴로 쳐다보기만 했다.

"내가 누군지 아느냐니까! 대답해!"

어린 임금 콜린은 더욱 거만하게 물었다.

벤 할아버지는 거친 손으로 눈을 비비고 이마를 문지르더니 그제야 떨리는 음성으로 간신히 대답했다.

"예, 도련님을 알지요. 도련님의 얼굴에서 마님의 눈이 나를 보고 있었거든요. 그리고 도련님이 여기에 어떻게 왔는지, 그것은 하느님만 아시지요. 도련님은 등이 굽었다고 들었는데요."

콜린은 순간 모욕감과 가슴속에서 끓어오르는 분노를 느꼈다. 메리와 디콘이 옆에 있어서 더욱 그랬는지도 모른다.

"난 병신이 아니야!"

메리도 옆에서 큰 소리로 거들었다.

"콜린은 병신이 아니에요. 내가 봤어요. 등에 혹도 없어요. 한 개도 없었다고요!"

벤 할아버지는 다시 손으로 이마의 머리를 쓸어넘겼다. 그러다 다시 콜린을 자세히 바라보았다. 벤 할아버지는 그것만으로는 지금까지 생각하고 있던 콜린의 존재를 바꿀 수가 없었다.

"도련님, 진짜 등이 굽지 않았습니까?"

"그래, 안 굽었어!"

콜린이 소리쳤다.

"다리도 굽지 않았습니까?"

"그래, 봐! 보라니까!"

콜린은 덮개를 풀어헤쳐 다리를 보여 주었다. 그걸 바라보는 메리의 얼굴이 새하얗게 변했다. 덮개가 땅에 떨어지고, 디콘이 다가와 재빨리 콜린의 팔을 붙잡았다. 곧이어 콜린의 가느다란 다리 하나가 잔디 위에 닿았다.

콜린은 모두가 보는 앞에서 꼿꼿이 섰다. 콜린의 키는 디콘보다 커 보였고, 등도 굽지 않았다.

콜린의 눈은 날카롭게 빛이 났다.

"봐! 날 보란 말야!"

그러자 디콘이 먼저 소리쳤다.

"우와! 도련님이 우리처럼 섰어요! 요크셔에 있는 다른 아이들처럼 똑바로 섰다고요!"

메리도 놀란 눈으로 콜린을 바라보았다.

벤 할아버지는 눈물을 흘리고 있었다.

"나쁜 사람들 같으니라고! 모두가 거짓말을 하고 있었어. 도련님은 마르고 창백하기는 하지만, 혹도 없고 굽은 곳도 없는데 말이에요. 고마운 일이에요, 도련님!"

콜린은 더욱 바른 자세로 서서 벤 할아버지를 바라보았다.

"아버지가 안 계실 때는 내가 주인이니까 내 말을 들어. 이 화원에 대해서 입을 열면 안 돼. 사다리에서 내려와 저쪽 길로 가! 그럼 메리 아가씨가 이쪽으로 안내할 거야. 어서 내 말대로 해. 서둘러!"

"네, 알았습니다. 도련님!"

벤 할아버지의 눈에서는 여전히 눈물이 흐르고 있었다.

해가 질 무렵

벤 할아버지의 모습이 보이지 않자 메리가 달려갔다.

디콘은 콜린을 계속 지켜보았다.

"난 이렇게 설 수 있어!"

콜린은 고개를 들고 조용하면서도 당당하게 말했다.

"내가 도련님한테 말했지요? 겁내지 않으면 똑바로 설 수 있다고요."

"그래. 바로 이거였어. 난 이제 겁나지 않아. 벤 웨더스타프가 여기 올 때까지 서 있을 수 있어. 나무에 기대어서 쉴 수도 있어. 이젠 내가 앉고 싶을 때 앉을 거야. 휠체어에서 깔개를 가져와."

콜린은 나무 있는 데로 걸어갔다. 디콘이 잡아 주었지만, 콜린은 비틀거리지 않았다. 콜린은 나무에 기대어 혼자 서 있을 수도 있었다.

벤 할아버지가 메리와 함께 나타나 그 모습을 지켜보았다.

"날 봐! 모두 다 날 봐! 내가 꼽추에다 다리가 굽었다고?"

"아니, 그렇지 않습니다! 그런데 왜 저택 안에 꼭꼭 숨어서 사셨어요? 그러니까 사람들이 잘못 생각하게 된 거예요."

"하인들은 내가 곧 죽을 거라고 생각했어. 그렇지만 난 절대 죽지 않아!"

"도련님은 지금 무척 생기가 있어 보입니다. 건강해 보인단 말입니다. 도련님은 그 깔개 위에 앉으십시오. 그리고 저한테 명령을 내려 주세요."

벤 할아버지 말에 콜린은 깔개 위에 의젓하게 앉았다.

"정원에서 무슨 일을 하지?"

"무엇이든 다 합니다. 마님의 은혜로 지금껏 이곳에서 일하고 있습니다."

"마님이라고 했나?"

"네, 도련님의 어머니시죠."

"어머니라고? 아, 그럼 이곳이 우리 어머니의 화원이었구나. 그렇지, 벤?"

콜린은 감격스런 눈길로 주변을 둘러보았다.

"그렇습니다, 도련님. 마님은 이 화원을 아주 좋아하셨지요."

"이제 이 화원은 내 거야. 난 이 화원이 너무 좋아. 매일 이곳에 올 거야. 그렇지만 이건 비밀이야. 아무도 우리가 이곳에 오는 것을 알게 해서는 안 돼. 도움이 필요하면 할아버지를 부르겠어. 하지만 이곳에 올 때는 아무도 모르게 와야 해. 알았지, 벤!"

벤 할아버지는 얼굴에 미소를 띠고 콜린을 바라보았다.

"전에도 저는 아무도 안 볼 때 이곳에 왔었습니다. 마지막으로 온 것이 2년 전이지요. 담을 넘었지요. 그 이후에는 류머티스로 몸이 아파 오지 못했어요."

"어쩐지 누군가 들어온 흔적이 남아 있었어요. 나뭇가지들이 잘려 있었거든요."

디콘이 벤 할아버지를 바라보며 말했다.

"마님은 이 화원을 무척 좋아하셨어요. 편찮으시거나 멀리 가실 때는 장미나무를 제게 부탁하셨어요. 그러나 마님이 돌아가시자, 주인님이 화원 출입을 금지해서 여기에 오는 사람이 아무도 없었어요. 하지만 저는 들어왔어요. 류머티스로 아프기 전까지는 한해에 한 번은 꼭 이곳에 왔어요. 장미나무를 돌봐 달라는 마님의 유언이 있었으니까요."

"화원을 돌봐 줘서 고마워. 비밀은 꼭 지켜 주어야 해."

콜린은 진심으로 말했다.

"잘 압니다, 도련님."

벤 할아버지는 싱긋 웃으면서 대답했다.

자두나무 아래서 메리가 삽을 들고 있다 떨어뜨렸다. 콜린이 그걸 주워들더니 땅을 파기 시작했다. 콜린은 끈기 있게 땅을 팠다. 그러면서 의기양양하게 요크셔 사투리로 말했다.

"디콘, 넌 내가 여기서 걷기도 하고 땅도 팔 수 있게 해 준다고 했어. 난 그저 네가 날 기쁘게 해 주려고 하는 말인 줄 알았어. 그런데 오늘이 겨우 첫날인데, 난 걸었어. 그리고 지금 이렇게 땅도 파고 있고."

콜린의 말을 듣고 벤 할아버지는 그만 웃음을 터뜨렸다.

"이제야 도련님은 요크셔 사나이가 된 겁니다. 땅을 팠으니 무엇을 심어야지요. 제가 지금 당장 화분에 심은 장미를 가져오겠습니다."

벤 할아버지는 류머티스도 잊고 힘차게 달려갔다.

디콘은 콜린이 파 놓은 구덩이를 더욱 깊게 팠고, 그 사이 메리는 물뿌리개를 가지고 왔다.

콜린은 부드러운 흙을 자꾸만 만져 보았다. 콜린은 발갛게 달

아오른 얼굴을 들고 하늘을 보며 말했다.

"해 지기 전에 오늘을 기념하는 나무를 심고 싶어."

메리는 이런 날은 해님도 몇 분쯤 기다려 줄 거라고 생각했다.

잠시 후, 벤 할아버지는 화분에 심었던 장미를 흙째 뽑아 가지고 돌아왔다.

"도련님, 직접 심으세요. 임금이 새 영토에 가면 기념하는 나무를 심듯이 그렇게 하세요."

벤 할아버지가 장미나무를 콜린에게 건네며 말했다.

콜린의 손이 가느다랗게 떨렸다. 하지만 얼굴은 혈색이 더욱 좋아 보였다.

"자, 다 심었어. 디콘, 나를 일으켜 줘. 해가 질 때까지 서 있고 싶어. 해가 지는 것을 꼭 보고 싶어. 이것은 마법의 일부분이야."

드디어 해가 천천히 기울고 있었다. 콜린은 두 발로 땅을 딛고 지는 해를 바라보았다.

아이들이 집에 돌아오자 크레이븐 박사가 기다리고 있었다.

"너무 오랫동안 밖에 나가 있으면 안 된다. 피곤해지면 몸에 해로워."

"난 피곤하지 않아요. 내일은 아침부터 나가 있을 거예요."

"그건 현명하지 못한 일이란다."

"날 막으려 한다면 그것이 현명한 일이 아니지요."

콜린은 고집을 부렸다.

크레이븐 박사가 방에서 나가자 메리가 콜린을 뚫어지게 바라보았다.

"왜 그러니?"

"크레이븐 박사가 불쌍해."

"나도 그렇게 생각해. 내가 죽지 않으면 그는 미셸스와이트 재산을 차지할 수가 없잖아."

"그게 아니고. 너처럼 무례하게 구는 아이를 10년 동안이나 친절하게 대했으니 끔찍하지 않겠니?"

"내가 그렇게 무례해?"

"아주 많이. 하지만 화낼 건 없어. 나도 무례하니까. 그래도 난 화원을 몰랐을 때보다는 훨씬 나아졌어."

메리는 차분하게 말했다.

"난 무례한 사람이 되긴 싫어. 만일 화원에 날마다 간다면 괜찮아질 거야. 그곳에는 마법이 있는 것 같아."

그 뒤 몇 달 동안 마법이 있는 화원은 눈이 부셨다.

콜린은 흐린 날에도 그곳에 데려다 달라고 했다. 화원에서 콜린이 겪은 일은 정말 마법과 같은 것이었다. 초록빛 싹들이 땅속에서 끊임없이 올라와 꽃봉오리가 피기 시작했다.

흰색 백합이 무리지어 피어났고, 키 큰 참제비고깔나무꽃과 참매발톱꽃도 피어났다. 하얀 초롱꽃 무리가 땅이 비좁을 정도로 올라왔고, 양귀비도 다른 꽃들에게 지지 않으려는 듯 아름다운 자태를 뽐내고 있었다.

그러나 무엇보다 가장 많이 피어 있는 장미꽃 무리는 사람의 말로는 다 표현할 수 없을 정도로 아름답고 향기로웠다.

그곳에 사는 곤충들과 작은 새들도 콜린에게는 호기심거리였고, 디콘을 통해 배우는 동물들의 생태는 콜린에게 새로운 세계를 보여 주었다.

그러던 어느 날, 콜린은 벤 할아버지를 불렀다.

"안녕? 벤 웨더스타프, 내가 지금 중요한 이야기를 하려고 해. 메리와 디콘도 함께 들었으면 좋겠어."

"네, 도련님 그러고말고요."

"나는 모든 것에 마법이 있다고 생각해. 다만 충분히 느끼지 못할 뿐이지. 메리가 처음 이곳을 발견했을 때는 죽은 화원처럼 보였어. 하지만 화원은 살아났어. 이렇게 마법은 우리 주변에 있는 것 같아. 이 화원에 있는 마법이 나를 일어서게 했어. 그리고 나는 어른이 될 때까지 죽지 않고 살 수 있을 거야. 이제부터 나는 날마다 '내게 마법이 있다! 마법이 나를 건강하게 만들고 있다! 난 디콘처럼 건강해질 거야, 디콘처럼!'이라고 주문을 외울 거야. 다들 나와 함께 주문을 외워 줘. 모두 도와줄 거지?"

"그럼요, 그럼요. 도련님! 그렇게 하고말고요!"

"어떤 일들을 계속 되풀이해서 말하고 그것이 마음 한 곳에 자리잡을 때까지 생각하면 그 일들을 배우게 되잖아. 난 마법도 마찬가지라고 생각해. 우리가 도와 달라고 마법을 부르면 마법이 우리에게 머물러 여러 가지 일들을 이루게 해 줄 거야. 디콘, 그렇지?”

콜린이 디콘을 바라보았다.

“그렇습니다. 햇볕이 비치면 싹이 트는 것처럼 반드시 효과가 있을 겁니다. 지금 해 볼까요?”

디콘과 콜린, 그리고 메리는 마법의 실험을 매우 기뻐했다. 그들은 나무 밑에 책상다리를 하고 수행자처럼 둘러앉았다. 콜린은 제사장이라도 된 것처럼 머리를 높이 들었다.

“태양이 빛나네. 햇살이 쏟아지네. 그것들은 하나같이 마법이라네. 꽃들이 피고, 뿌리들이 잠을 깨고, 그것도 모두 마법이라네. 내게 있어 살아 있는 것, 튼튼해지는 것도 마법이라네. 마법은 모두에게 있고 벤 웨더스타프 등에도 있네. 마법이여! 마법이여! 나를 도와다오! 나를 도와다오!”

콜린은 주문을 여러 번 되풀이했다.

“정원을 한 바퀴 돌아볼 거야.”

주문을 마친 콜린이 맨 앞에 서고 양쪽에 디콘과 메리가 섰다. 벤 할아버지는 뒤에서 따라왔다. 행렬은 가다 쉬고 가다 쉬고를

반복했다. 마침내 처음 출발했던 곳으로 돌아왔을 때 콜린은 기쁨에 넘쳐 소리를 질렀다.

"난 해냈어! 드디어 해냈어! 마법의 효력 때문이야!"

"크레이븐 선생이 이 사실을 알면 뭐라고 말할까?"

메리가 큰 소리로 물었다.

"그 사람은 아무 말도 하지 않을 거야. 내가 말하지 않을 거니까. 이건 가장 큰 비밀이야. 내가 건강해져 다른 아이들처럼 뛰어다닐 수 있을 때까지 아무한테도 말하지 않을 거야. 나는 날마다 휠체어에 앉아서 화원에 오고 휠체어에 앉아서 집으로 돌아갈거야. 내가 뛰어다닐 수 있을 때까지 아버지한테도 연락하지 않을 거야. 어느 날 아버지가 미셀스와이트에 오셨을 때, 나는 아버지 서재로 걸어가서 '제가 왔어요. 전 아주 건강하게 자라서 씩씩한 어른이 될 거예요.'라고 말할 거야. 그때 나를 바라보는 아버지의 얼굴이 무척 궁금해."

콜린의 얼굴은 붉게 상기되어 있었다.

건강한 웃음

　콜린과 메리는 화원에 얽힌 연극이 너무나 즐거웠다. 의심을 받지 않으려고 집 안에 들어가 신경질을 부리기도 했고, 어느 날은 밥을 많이 먹고 싶어도 일부러 조금밖에 먹지 않았다. 그런데도 콜린은 살이 찌기 시작했고, 얼굴도 생기가 돌았다.

　크레이븐 선생은 그런 콜린을 보고 아버지에게 연락을 하겠다고 했다. 하지만 콜린이 화를 내며 말렸다.

　디콘은 집에 와서 어머니에게 콜린과 메리의 이야기를 했다. 얼마 뒤 아이들은 디콘의 어머니까지 그 비밀에 끼워 주어도 좋겠다고 생각했다. 그래서 디콘은 어머니에게 모든 것을 털어놓았다.

"둘 다 살이 쪘어요. 하지만 다른 사람들이 눈치챌까 봐 많이 먹을 수도 없나 봐요. 하지만 너무 먹고 싶다고 말했어요."

디콘의 어머니는 그 말을 듣고 아주 재밌어 했다.

"내가 빵을 만들어 줄 테니 아침에 나갈 때 우유하고 가지고 가거라. 화원에서 그걸 먹으면 저녁때까지 견딜 수 있을 거야."

다음날, 디콘은 두 개의 깡통에 우유와 갓 구운 빵을 가지고 화원으로 갔다. 그것을 본 콜린과 메리는 환호성을 질렀다.

디콘은 그것으로 그치지 않았다. 그는 메리를 처음 만난 숲에서 푹 파인 곳을 발견하고, 그곳에다 흙과 돌로 아궁이를 만들었다. 그리고 거기에서 감자와 달걀을 구워 냈다. 버터를 바르고 소금을 뿌린 따뜻한 감자는 너무나 훌륭한 음식이었다.

콜린과 메리는 소어비 부인이 보내 준 음식 때문에 집에 돌아와서는 음식을 거의 먹지 않았다.

"아이들이 먹지를 않아요. 좀 더 영양을 섭취하게 하지 않으면 죽게 될지도 몰라요. 그런데도 아이들 안색은 저렇게 좋아 보이니 정말 모를 일이에요."

간호사가 손도 안 댄 음식을 크레이븐 박사에게 보여 주었다.

크레이븐 박사는 오랫동안 콜린을 진찰했다. 그러나 상아색 같던 피부는 장밋빛으로 변했고 눈은 총명해 보였으며, 볼과 턱에

도 둥글게 살이 올라 있었다. 머리카락은 이마 위에서 건강하게
부풀어 올라 무척 부드럽게 보였다. 그 모습은 이제 환자와는 너
무나 거리가 멀었다.

"아무것도 먹지 않는 것치고는 너무나 건강하구나. 놀랄 만큼
살이 찌고 건강해졌단 말이다."

크레이븐 박사는 밖으로 나가 메들록 부인에게 조용히 물어보

았다.

"아이들이 몰래 먹을 것을 얻을 방법이 있습니까?"

"땅속에서 파 내거나 나무에서 따지 않는 이상 다른 방법이 없습니다."

메들록 부인이 크레이븐 박사의 얼굴을 살피며 대답했다.

"콜린은 아주 건강해요. 딴사람이 되었어요."

"메리도 그래요. 예뻐지기도 했지만 심술도 없어졌어요. 아무튼 도련님하고 날마다 뭐가 좋은지 저렇게 웃기만 한다니까요. 웃음살이 오른 걸까요?"

"그런 것 같습니다."

크레이븐 박사가 고개를 끄덕였다.

또다시 며칠째 비가 계속 내렸다. 연극이 탄로날까 봐 소파에만 앉아 있던 콜린은 짜증이 났다.

그때 메리가 한 가지 생각을 해냈다.

"콜린, 이 저택 안에 방이 몇 개인지 아니?"

"글쎄? 굉장히 많을걸?"

"아무도 들어가 보지 않은 방이 백 개쯤 있어."

"뭐라고? 그런 방이 백 개나 있어? 비밀의 화원이랑 비슷하구나. 같이 가 볼래?"

“누가 우리를 따라오지만 않으면 재미있게 놀 수도 있어.”

“좋아! 메리, 종을 울려!”

곧이어 간호사가 들어오자 콜린이 명령했다.

“휠체어를 가져와. 메리하고 이 집에서 사용하지 않는 방을 돌아볼 거야. 계단까지는 존이 밀어 주고, 우리 둘만 두고 갔다가 부르면 그때 와.”

비 오는 날들의 지겨움은 그날로 사라졌다. 하인이 돌아가고 둘만 남게 되면 콜린은 휠체어에서 일어나 복도를 달렸다.

그곳에서 점프를 하기도 하고, 더 많은 방들을 구경하며 돌아다녔다.

“여기 와 보길 정말 잘했어. 이렇게 크고 이상한 집에 내가 살고 있는 줄은 몰랐어.”

그날 아침 두 아이는 식욕이 너무 좋아 탁자 위에 놓인 음식들을 바닥이 보일 정도로 먹어치웠다. 오후에 메리는 콜린의 방에 커다란 변화가 생겼음을 알아냈다.

그러나 메리는 아무 말을 하지 않았고, 물끄러미 벽난로 위의 그림을 쳐다보고만 있었다.

“내가 왜 커튼을 젖혀 놓았는지 궁금해하는 거지? 앞으론 계속 커튼을 저렇게 젖혀 놓을 거야.”

콜린의 말에 메리가 물었다.

"어떻게 그런 생각을 했어?"

"엄마가 웃는 걸 봐도 이젠 화가 나지 않아. 이틀 전 잠에서 깼을 때, 이 방에 마법이 가득 찬 걸 느꼈어. 달빛이 커튼 위를 비추었고, 그래서 무심코 다가가 그 끈을 잡아당겼어. 거기에 엄마가 웃으면서 나를 보고 있었어. 그때부터 엄마를 보는 게 즐거워졌어. 엄마도 분명히 마법을 부리는 사람이었을 거야."

"넌 저기 계신 엄마와 많이 닮았어. 너희 엄마가 남자로 변해서 네가 되었다고 생각해."

메리의 말에 콜린은 감격했다.

"내가 만약 엄마의 영혼이라면……. 아버지가 나를 좋아하게 될 거야."

"고모부가 널 좋아하면 좋겠어?"

"아버지가 나를 좋아한다면 난 아버지께 마법 이야기를 해 드릴 거야. 그러면 아버지도 좀 더 생기가 나실 거야!"

콜린은 자신 있게 말했다.

비가 갠 뒤에는 할 일이 많았다. 화원의 잡초를 뽑아야 했기 때문이다. 콜린도 이제는 다른 사람들 못지않게 풀을 잘 뽑았다. 풀을 뽑으면서 이야기도 했다.

"마법은 우리가 스스로 움직여 일할 때 가장 효과가 있어. 난 마법에 관한 책을 써야겠어. 그리고 이제 나는 건강해졌어. 나는 오래오래 살 수 있어!"

콜린은 확신하며 당당하게 말했다.

"그럼 영광송이라도 불러 보세요."

디콘이 말했다.

"영광송이 뭔데……?"

콜린은 그것이 무엇인지 몰랐다.

"도련님, 모자를 벗으세요. 벤 할아버지도요."

디콘은 그런 다음 힘찬 목소리로 노래를 불렀다.

"은총이 가득하신 주를 찬미하라. 지상의 피조물들아, 모두 주를 찬미하라. 저 높은 곳의 천사들아, 모두 주를 찬미하라. 성부와 성자와 성신을 찬미하라. 아멘."

잠시 뒤 그들은 영광송을 열심히 따라 불렀다.

그때 인기척이 났다. 담쟁이잎으로 덮인 문을 열고 한 여인이 조용히 화원 안으로 들어왔다.

"우리 엄마야!"

디콘이 달려갔다. 콜린과 메리도 달려갔다.

"도련님이 우리 어머니를 보고 싶어할 것 같아서 문 있는 곳을

가르쳐 드렸어요.”

콜린은 소어비 부인을 향해 점잖게 손을 내밀었다.

“어머나! 이렇게 귀여울 수가! 이렇게 사랑스러울 수가!”

디콘의 어머니는 자기도 모르게 ‘도련님’ 대신 이렇게 말해 버렸다.

“아주 엄마를 쏙 빼닮으셨어요.”

“어머니를 닮았다면 아버지가 나를 좋아하시게 될까요?”

“당연하지요. 아버지가 집으로 돌아오셔야겠어요.”

디콘의 어머니는 그렇게 말한 뒤 아이들과 함께 화원 안을 돌아보았다. 그런 다음 모두는 디콘의 어머니가 가져온 음식을 맛있게 나누어 먹었다. 콜린이 음식을 먹으면서 이렇게 말했다.

"연극놀음하기도 이젠 너무 힘들어."

"호호호호, 그 연극도 이젠 그만해야 할 거예요. 주인님이 곧 오실 테니까요."

"다른 사람이 내 모습을 아버지께 말씀드리는 건 싫어. 아버지 방으로 곧장 달려가는 게 제일 좋을 것 같아."

"주인님은 놀라서 기절하실 거예요. 그 얼굴을 저도 보고 싶네요. 주인님은 곧 돌아오실 거예요."

아버지의 눈물

콜린은 이제 머릿속에서 이전의 나쁜 생각들을 완전히 몰아 냈다. 그러자 얼굴에 생기가 돌았고, 강력한 힘이 되살아났다. 이렇게 비밀의 화원이 살아나고 두 아이가 건강해지는 사이에, 아처볼드 크레이븐 씨는 노르웨이의 협곡과 스위스의 산을 떠돌고 있었다.

그는 10년 동안 어둡고 심장이 터질 듯한 나쁜 생각만 하고 있었다. 그는 용기도 없었고 나쁜 생각 대신 다른 생각을 해 보려고도 하지 않았다. 그는 자신의 마음에 어두운 영혼이 꽉 차도록 내버려 두었고, 빛을 막았으며, 가정에 대한 의무도 잊고 떠돌아다니기만 했다.

그는 사람들에게 찌푸린 얼굴에 어깨가 굽고 키가 큰 사람으로만 기억되었다.

크레이븐 씨는 오스트리아 티롤의 아름다운 계곡을 방황하고 있었다. 그는 그곳에서 오래도록 걸어다녔다. 하지만 그늘진 마음은 없어지지 않았다. 그는 피로를 느끼고 시냇가 바위 위에 걸터앉았다. 흘러가는 맑은 물을 보고 있는 동안 크레이븐 씨는 처음으로 몸과 마음이 차분하게 가라앉는 것을 느꼈다. 그는 물망초를 바라보았고, 그곳에서 오랜만에 꽃에 대한 아름다움을 느꼈다.

얼마 뒤 크레이븐 씨는 바위 위에서 일어섰다. 그런데 크레이븐 씨는 앉기 전의 모습과 완연히 달라 보였다. 그는 긴 잠에서 깨어난 사람처럼 깊은 숨을 내쉬었다.

"내가 마치 죽었다가 살아난 것 같아!"

그는 나직이 중얼거리며 머리를 쓸었다.

그때 비밀의 화원에서 콜린은 이렇게 외치고 있었다.

"나는, 나는, 오래오래 살 거야! 나는 꼭 오래오래 살 수 있어!"

크레이븐 씨는 그날 저녁 내내 평온했고, 잠을 아주 잘 잘 수 있었다. 그러나 그 다음날 밤에는 다시 어두운 생각 속에서 나쁜 꿈을 꾸었다.

황금빛 가을이 짙어 갈 무렵, 그는 코모 호수에 가 있었다. 그곳에서 그는 피곤할 때까지 산책을 했고, 그런 밤에는 아주 잠을 잘 잤다. 그러면서 점점 크레이븐 씨는 정신이 강해지고 있었다. 그는 이제 어느새 잠이 들었고 언제 꿈을 꾸는지를 잘 모르게 되었다. 그러던 어느 날 밤이었다.

"아치! 아치! 아치!"

꿈속에서 누군가의 목소리가 들렸다.

부드럽고 뚜렷한 소리였다.

"릴리어스! 릴리어스! 당신 어디 있는 거요?"

"화원요. 화원에 있어요!"

그 소리는 마치 황금 피리 속에서 나오는 것 같았다. 그러고는 끝이었다. 그는 이내 깊은 잠에 빠졌다.

아침이 되자 하인이 몇 통의 편지를 쟁반에 받쳐 들고 크레이븐 씨를 기다렸다. 맨 위에는 요크셔에서 온 낯선 편지가 놓여 있었다.

주인님,

저는 전에 무례하게 말을 걸었던 수전 소어비입니다. 그때 제가 메리 아가씨 일로 말씀을 드렸었지요.

이제 한 번 더 말씀을 드리려고 합니다.

주인님, 제가 주인님이라면 이 편지를 읽는 대로 집으로 돌아올 것입니다. 돌아오시면 반드시 기뻐할 일이 있을 것입니다.

마님께서도 여기 계신다면 주인님께 어서 돌아오라고 말씀하실 것이라고 생각합니다.

-주인님의 충직한 하녀 수전 소어비 올림-

크레이븐 씨는 그 편지를 두 번이나 읽었다. 그리고 꿈에 대해서도 생각을 했다.

"미셀스와이트로 돌아가자."

크레이븐 씨는 피처 씨에게 돌아갈 준비를 하라고 명령했다. 며칠 뒤 크레이븐 씨는 미셀스와이트로 돌아왔다. 그는 돌아오는 내내 지난 10년 동안 한 번도 생각하지 않았던 아들을 떠올렸다. 그는 나쁜 아버지가 될 생각은 전혀 없었다. 하지만 자기가 아버지라는 생각이 전혀 들지 않았다. 그는 아이 생각만 하면 움츠러들었고, 자신의 비극에 자식을 끌어다 넣어 버렸다.

크레이븐 씨는 아내가 죽은 뒤 방황하며 떠돌아다녔다. 일 년이 지난 뒤 집에 돌아왔을 때, 그 조그마한 아이는 기운 없이 얼굴을 들었다. 아이의 커다란 회색 눈과 까만 속눈썹은 크레이븐

씨가 그토록 사랑했던 아내의 눈과 닮았지만,
풍기는 느낌은 너무나 대조적이었다. 그는 아
이의 그런 눈을 도저히 바라볼 수가 없었다. 크

레이븐 씨는 아이가 잠들어 있을 때만 들여다보곤 했다.

집에 도착한 크레이븐 씨는 메들록 부인을 불러 콜린에 대해 물어보았다.

메들록 부인은 더듬거리며 대답했다.

"도련님이 좀 달라졌습니다."

"콜린은 지금 어디 있지?"

"화원에 계십니다. 여전히 아무도 가까이 오지 못하게 하시지만요."

"뭐라고? 화원에 있다고?"

그는 방을 나와 화원으로 향했다. 그는 메리가 그랬던 것처럼 관목숲에 있는 문을 지나고 분수가 있는 화단을 지났다. 화단에는 가을꽃이 만발해 있었다. 그는 잔디밭을 지나 담쟁이덩굴이 있는 긴 산책로로 들어섰다. 그는 문 앞에 도착해서 열쇠를 찾았다. 하지만 열쇠가 보이지 않았다. 그 사이 화원 안에서 아이들이 뛰어다니는 발소리, 웃음소리가 들려왔다.

그때, 빠른 발소리가 화원 문 쪽으로 다가왔고, 담쟁이덩굴 커튼이 열리면서 한 소년이 전속력으로 달려왔다.

크레이븐 씨는 아이가 넘어질까 봐 두 팔을 벌려 붙잡았다. 키가 크고 잘생긴 아이였다. 생기가 가득 찬 건강한 아이는 이마에

흩어진 머리카락을 뒤로 넘기며 잿빛 눈으로 이쪽을 보았다. 눈에는 웃음이 가득했다.

"너는 누구, 누구니?"

콜린도 깜짝 놀랐다. 그런 식으로 아버지를 만나려고 하지 않았기 때문이다.

"아버지, 저 콜린이에요. 믿을 수 없으실 거예요. 저도 그런 걸요. 하지만 전 콜린이에요."

"화원에 있었다고? 화원에?"

"네, 화원이 저를 이렇게 만들었어요. 메리와 디콘, 그리고 디콘의 동물들과 마법이 그랬어요. 아무도 몰라요. 아버지께 말씀 드릴 때까지 비밀로 했거든요. 저는 이제 건강해요. 달리기에서도 메리를 이길 수 있어요."

크레이븐 씨는 콜린을 바라보며 기쁨을 감추지 못했다.

"기쁘지 않으세요? 저는 건강해서 오래오래 살 거예요."

크레이븐 씨는 두 손을 아이의 어깨에 얹고 힘껏 붙잡았다. 그러고는 잠시 동안 말을 잊었다.

"날 화원으로 데려가 다오. 그리고 나한테 모두 이야기해 주려무나."

콜린은 아버지를 화원으로 안내했다. 화원에는 가을꽃이 만발

해 있었다.

"나는 이 화원이 죽은 줄 알았다."

크레이븐 씨는 콜린에게서 그동안의 일들을 모두 들었다. 크레이븐 씨는 이야기를 들으며 눈물이 나도록 웃었다. 웃지 않을 때는 눈에 눈물이 가득 담겨 있었다.

"이제 비밀로 할 것도 없어요. 휠체어도 필요 없어요. 저는 아버지와 함께 걸어서 집으로 갈 거예요."

벤 할아버지는 일 때문에 늘 화원에 있었는데, 이때는 채소를 부엌에 갖다주고 메들록 부인에게 맥주를 대접받고 있었다.

"두 분 중 어느 한 분이라도 만나셨어요?"

"그럼요."

벤 할아버지는 맥주잔을 입에서 떼고 손등으로 입을 닦았다.

"함께 계셨어요?"

"함께 계셨어요. 부인, 한 잔 더 마셔도 되겠습니까?"

"도련님은 어디 계셨어요? 무슨 말씀을 하셨어요?"

메들록 부인이 맥주잔을 채워 주며 물었다.

벤 할아버지는 단숨에 그것을 들이켰다.

"듣지는 못했습니다. 난 사다리 너머로 보았을 뿐입니다. 그렇지만 집 안 사람들이 모르는 일이 벌어지고 있다는 것을 말씀드릴 수 있어요. 이제 곧 알게 될 것입니다.”

벤 할아버지는 남은 맥주를 다 마시고 안마당 잔디밭이 보이는 창문으로 가 빈 컵을 들어올리며 소리쳤다.

“궁금하거든 저기를 보시오. 잔디밭을 건너오는 사람이 누군지 잘 보십시오.”

창밖을 본 메들록 부인이 갑자기 비명을 질렀다. 그 소리를 듣고 하인들이 달려와 창밖을 내다보았다. 그 순간 모두 눈이 튀어나올 정도로 놀라고 말았다.

미셸스와이트 주인님이 지금까지 아무도 본 적 없는 밝은 얼굴로 잔디밭을 가로질러 집으로 오고 있었다. 그 옆에는 한 아이가 고개를 번쩍 들고 웃음기 가득 찬 얼굴로 요크셔의 다른 아이들과 마찬가지로 힘차게 발을 내딛고 있었다. 그 아이는 다름 아닌 콜린 도련님이었다.

● **이해 능력 Level Up!**

1. 다음 중 등장인물들의 가족 관계가 틀린 것을 모두 고르세요.

    1) 마사와 디콘
    2) 크레이븐 씨와 콜린
    3) 메들록 부인과 메리
    4) 수잔 소어비와 마사
    5) 의사 크레이븐과 디콘

2. 다음은 인도에서 살던 메리에 대한 설명 중 한 대목입니다. 밑줄 친 것이 가리키는 것은 무엇일까요?

> 그 때문에 글을 배워야 할 나이인 여섯 살이 되었을 때 메리는 아주 버릇없는 꼬마가 되어 있었다.

    1) 어머니의 마음이 약했기 때문에
    2) 유모가 아이를 싫어하는 메리 어머니에게 잘 보이기 위해 메리를 울리지 않으려고 해 달라는 대로 해 주어서
    3) 메리의 성격이 너무 난폭해서 모두 다 비위를 맞추어 주었기 때문에

4) 아버지가 메리의 말이라면 다 들어주었기 때문에

5) 메리가 어릴 때부터 아팠기 때문에 교육받을 틈이 없어서

3. 다음은 어느 날 메리가 아침에 일어났을 때 일어난 상황입니다.
이런 일이 일어난 이유는 무엇인가요?

잠이 든 사이에 메리의 주위에서는 많
은 일들이 일어났다. 울부짖는 소리가
사방에서 들렸고, 집 안의 물건들을 밖
으로 옮기는 소리가 끊임없이 이어졌다.

1) 하인들이 집 안 물건을 훔쳐 갔기 때문에

2) 어머니가 메리를 두고 여행을 떠났기 때문에

3) 메리 부모님과 하인 몇 명이 콜레라 때문에 목숨을 잃어서

4) 전쟁이 일어났기 때문에

5) 인도 사람들이 집에 쳐들어와서

4. 메리는 '비밀의 화원' 열쇠를 어떻게 찾았나요?

1) 벤 할아버지가 주었다.

2) 방 안 서랍 속에서 찾아내었다.

3) 벌새의 발 밑을 살펴보다 찾게 되었다.

4) 메들록 부인이 건네주었다.

5) 콜린이 가져다 주었다.

5. 메들록 부인이 메리에게 다음과 같이 말한 이유는 무엇인가요?

   1) 밖에 나가서 돌아다니다 다쳤기 때문에

   2) 귀한 물건을 깨뜨렸기 때문에

   3) 메리가 콜린 방에 들어갈까 봐 걱정되었기 때문에

   4) 크레이븐 씨가 메리를 밖에 나가지 못하게 하라고 부탁했기 때
      문에

   5) 메리가 하인을 못살게 굴었기 때문에

6. 메리가 고모부 집에 와서 처음 해 본 것 세 가지를 고르세요.

   1) 줄넘기   2) 땅파기   3) 일찍 일어나기

   4) 배고프다는 생각   5) 달리기

7. 메리가 디콘에게 가장 먼저 '비밀의 화원'에 대해 말한 이유는 무
   엇인가요?

   1) 디콘이 졸라서

   2) 동물들을 잘 다루었기 때문에

   3) 벤 할아버지의 부탁이 있어서

　　4) 메들록 부인의 명령 때문에

　　5) 디콘이 비밀을 지키리라 믿었기 때문에

8. 고모부인 크레이븐 씨가 메리에게 허락한 두 가지를 고르세요.

　　1) 콜린을 만나 이야기하는 것

　　2) 공부를 하지 않고 마음껏 노는 것

　　3) 마사를 하녀로 시중들게 하는 것

　　4) 원하는 대로 땅을 사용하는 것

　　5) 서재에서 마음대로 책을 읽는 것

9. 다음은 메리가 콜린을 만났을 때 나눈 대화 가운데 한 대목입니다. 메리가 다음과 같이 말한 것은 무엇 때문인가요?

> "두 가지 생각을 하고 있었어. 하나는 내가 인도에 있을 때 보았던 어린 소년 라자 임금님이야."

　　1) 화려한 옷을 입고 있어서

　　2) 난폭한 행동을 했기 때문에

　　3) 임금님처럼 말이 없어서

　　4) 마치 임금님처럼 다른 사람에게 명령하기 때문에

　　5) 하인을 많이 거느리고 있어서

10. 메리와 디콘이 콜린을 비밀의 화원으로 데려가려고 한 이유는 무엇인가요?

1) 콜린의 등에 혹이 났기 때문에

2) 화원을 보면 콜린이 건강해질 거라고 생각했기 때문에

3) 런던에서 온 의사 선생님의 명령 때문에

4) 디콘이 콜린의 휠체어를 밀고 싶어서

5) 크레이븐 씨가 집을 비워 콜린이 쓸쓸했기 때문에

11. 콜린이 로치 씨에게 다음과 같이 말한 이유는 무엇인가요?

> "내가 오후에 집밖으로 나갈 거야. 만약 신선한 공기가 아주 좋으면 매일 나가 볼 생각도 하고 있어. 그러니까 내가 나갈 때는 화원 근처에 사람들이 얼씬거리지 않게 해 줘. 두 시쯤 나갈 거니까 되도록 멀리 떨어져 있도록 해."

1) 자신의 모습을 남이 보는 게 싫어서

2) 메들록 부인이 부탁했기 때문

3) 벤 할아버지가 시끄러운 것을 싫어하기 때문에

4) 메리와 몰래 만나려고

5) 비밀의 화원에서 노는 것을 들키지 않으려고

12. 다음 중 디콘이 기르는 동물이 아닌 것을 고르세요.

1) 다람쥐   2) 여우   3) 까마귀

4) 망아지   5) 개똥지빠귀

13. 메리와 콜린이 집에서 음식을 많이 먹지 않고도 건강해진 이유
   두 가지를 고르세요.

1) 미셀스와이트 상점에서 군것질을 했기 때문에

2) 디콘의 어머니가 간식을 만들어 주었기 때문에

3) 맑은 공기를 마시며 화원에서 뛰어놀았기 때문에

4) 마사가 간식을 가져다 주었기 때문에

5) 화원에서 열매를 따 먹었기 때문에

14. 콜린이 다음과 같은 행동을 한 계기가 된 것은 무엇인가요?

1) 디콘이 격려를 해 주어서

2) 메리가 콜린의 등에 혹이 없다는 것을 말해 주어서

3) 벌새 가족을 가까이에서 보고 싶어서

4) 벤 할아버지가 자신을 병자 취급해 화가 났기 때문에

5) 마법을 시험하기 위해서

15. 여행 중이던 크레이븐 씨가 갑자기 집에 돌아오고 싶었던 이유
   두 가지는 무엇인가요?

1) 메리와 콜린, 그리고 디콘이 비밀의 화원에서 놀고 있는 것을
   알았기 때문에

2) 아내가 화원 안에 있다고 말하는 꿈을 꾸었기 때문에

3) 콜린의 건강 상태가 나빠졌기 때문에

4) 디콘의 어머니가 집으로 돌아오라는 편지를 보냈기 때문에

5) 여행이 힘들어졌기 때문에

16. '비밀의 화원'이 등장인물들에게 끼친 영향 세 가지를 고르세요.

1) 제멋대로였던 메리의 성격을 바꾸어 놓았다.

2) 크레이븐 씨가 건강해졌다.

3) 디콘이 튼튼해졌다.

4) 콜린이 건강해져 걸을 수 있게 되었다.

5) 메리와 콜린이 자연의 신비를 체험할 수 있게 되었다.

● 논리 능력 Level Up!

1. 메리를 처음 본 사람들이 다음과 같이 행동한 이유는 무엇일까요?

> 인도를 떠나 고모부 댁이 있는 미셀스와이트 저택에 왔을 때 그곳 사람들은 메리의 모습을 보고 수군거렸다.

2. 메리는 부모님이 돌아가시고 영국인 목사의 집에 맡겨졌습니다.
   거기서 어떻게 지냈나요?

3. 메리가 고모부 댁이 있는 영국에 도착했을 때 메리를 마중 나온
   메들록 부인은 다음과 같이 말합니다. 이를 통해 알 수 있는 메들
   록 부인의 성격은 어떤가요?

> "어쩜! 이렇게 못생긴 아이가 다 있을까요? 엄마가 꽤 미인이었다고
> 들었는데, 저 애한테는 전혀 물려주지 않은 것 같군요. 그렇죠, 부인?"

4. 메리가 가게 된 미셀스와이트는 어떤 곳인가요?

5. 메들록 부인이 소개한 고모부 크레이븐 씨는 어떤 사람인가요?

6. 다음의 행동을 통해 알 수 있는 마사의 성격은 어떤지 써 보세요.

> 마사는 메리의 행동을 보고 조금 놀랐다. 마사는 메리의 침대 가까이로 다가가 조용히 달래듯이 말했다.
> "울지 마세요. 아가씨 말대로 저는 아는 것이 없어요. 그래서 말이 그렇게 나온 거예요. 용서하세요, 네? 아가씨!"

7. 메리는 정원사 벤 할아버지가 다음과 같이 말하자 마음이 편치
   않았습니다. 그 이유는 무엇인가요?

8. 메리가 미셀스와이트에 오기를 잘했다고 생각하게 된 까닭은 무
   엇인가요?

9. 마사의 어머니로부터 선물을 받은 다음부터 메리는 어떻게 변했
   나요?

10. 다음은 어느 날 마사와 메리가 이야기를 나누던 중 일어난 일입
니다. 밑줄 친 것이 가리키는 것은 무엇인가요?

때마침 바람이 불어 와 두 사람이 있는 방
문을 세차게 열어젖혔다.
그러자 울음소리가 더욱 또렷하게 들렸다.

11. 콜린은 방 안에 걸려 있는 어머니의 초상화를 왜 커튼으로 가려
놓았나요?

12. 비밀의 화원 열쇠는 어떻게 찾게 되었나요? 또 비밀의 화원으로
   들어가는 문은 어떻게 발견했나요?

13. 다음은 메리가 소동을 부린 콜린의 등을 보며 한 말입니다. 밑줄
   친 것이 가리키는 것은 무엇인가요?

> "혹 같은 것은 없어. 등뼈가 튀어나온 것 말고는 아무것도 없어. 너
> 이제부터 혹 어쩌고 말하면 비웃어 줄 거야! 알았어?"
> 그 말의 효과는 콜린만이 알고 있었다.

● **논술 능력 Level Up!**

1. 다음은 메리의 어머니에 대한 설명입니다. 이 글을 읽고 무엇이 잘못되었는지 생각해 보세요.

> • 어머니는 아름답게 꾸미고 파티에 나가 사람들과 어울리는 것을 무척 좋아했다.
> • 그녀는 오랫동안 아름다운 모습을 간직하기 위해 아이를 원하지 않았다. 그런데 메리가 태어나자, 인도인 유모의 손에 아이를 맡겨 버렸다.

2. 만약 메리처럼 부모님을 잃고, 한 번도 본 적이 없는 친척집에 가서 살아야 한다면 어떤 기분이 들까요? 자신이라면 어떻게 할지 구체적인 예를 들어 써 보세요.

3. 다음은 태도가 달라진 콜린이 메리에게 한 말입니다. 콜린이 밑
   줄 친 것처럼 느낀 이유는 무엇일까요? 혹시 여러분도 그런 경험
   이 있다면 써 보세요.

4. 아내가 죽은 후 방황하며 떠돌아다니던 크레이븐 씨가 집에 돌아
   와 건강한 콜린을 만나는 장면은 매우 감격적입니다. 그때 크레
   이븐 씨의 마음은 어땠을까요? 또 내가 그런 상황에 처한다면 어
   떤 기분이 들지 써 보세요.

5. 메리가 말한 인도의 어린 임금은 어떤 성격의 사람인가요? 자신
   의 주변에는 어떤 친구들이 있는지 실제 예를 들어 써 보세요.

6. 디콘과 디콘의 어머니가 나누는 대화를 읽고 마사의 어머니는 어
   떤 사람인지 생각해 보세요. 또 자신의 어머니와 견주어서 써 보
   세요.

> "둘 다 살이 쪘어요. 하지만 다른 사람들이 눈치챌까 봐 많이 먹을 수
> 도 없나 봐요. 하지만 너무 먹고 싶다고 말했어요."
> 디콘의 어머니는 그 말을 듣고 아주 재미있어 했다.
> "내가 빵을 만들어 줄 테니 아침에 나갈 때 우유하고 가지고 가거라."

7. 콜린의 어머니는 장미꽃을 좋아해 화원에 장미를 많이 심었습니
   다. 만약 화원이 생긴다면 어떻게 가꾸고 싶은지 써 보세요.

8. 다음은 메리가 목사의 아들 베즐에 대해 느낀 것과 디콘에 대한
   생각을 나타낸 글입니다. 메리가 왜 비슷하게 생긴 두 사람에 대
   해 다음과 같이 생각했는지 그 이유를 생각하고, 여기서 느낄 수
   있는 점을 써 보세요.

> • 메리는 나이도 아래인 베즐이 건방져 보여 마음에 들지 않았다.
>   게다가 베즐은 메리가 싫어하는 파란 눈에 들창코였다.
> • "우리 집에서는 제일 좋은 아이지만 잘생겼다고 하니까 우습네요.
>   그 애는 들창코에다 눈은 너무 동그랗잖아요."
>   "나는 들창코가 좋아. 눈은 하늘빛하고 똑같았어."

9. 다음은 메들록 부인이 콜린의 아버지에 대해 한 말입니다. 콜린
   의 아버지가 한 행동에 반대하는지, 아니면 찬성하는지 쓰고 그
   이유도 함께 써 보세요.

> "마님은 돌아가셨어요. 그 후로 주인님은 더욱
> 이상해지셨어요. 두 분 사이가 얼마나 좋았는지
> 그제야 모두들 알게 된 것이지요. 지금도 주인님
> 은 아무하고도 만나려 하지 않아요. 여행을 많이 하
> 시는데, 어쩌다 미셸스와이트에 계실 때는 서쪽에 있
> 는 건물에 틀어박혀 나오지를 않으세요."

10. 콜린이 건강해져서 아버지를 기쁘게 해 드린 것처럼 내가 부모
    님을 위해 할 수 있는 일에는 어떤 것이 있을까요? 실제 예를 들
    어 써 보세요.

이해 능력 Level Up!

1. 3), 5)	2. 2)	3. 3)	4. 3)	5. 4)
6. 1), 2), 4)	7. 5)	8. 2), 4)	9. 4)	10. 2)
11. 5)	12. 5)	13. 2), 3)	14. 4)	15. 2), 4)
16. 1), 4), 5)				

논리 능력 Level Up!

1. 메리가 비쩍 마른 데다가 얼굴은 병에 걸린 듯 노랗고 머리카락에도 윤기가 하나도 없었으며, 심술궂은 표정을 짓고 있었기 때문이다.

2. 목사의 집은 가난했고 아이들도 다섯이나 되어 늘 다투었으며, 그 아이들과 어울리지 못하고 놀림감이 되었다.

3. 상대방의 기분을 생각하지 않고 말하고, 상냥한 성격은 아니다.

4. 방이 백 개도 더 되고 사방이 넓은 정원으로 둘러싸여 있는 6백 년이나 된 집이다. 하지만 음침하고 황무지 끝에 자리잡고 있다.

5. 등이 굽고 마음도 비뚤어져 괴팍했으나 착하고 아름다운 마님과 결혼하여 잘살았다. 하지만 마님이 죽고 난 후에는 아무도 만나려 하지 않고 떠돌아다니고 있다.

6. 심술을 부리는 메리를 동생처럼 감싸 줄 만큼 마음이 넓고 착하다.

7. 메리가 심술궂고 성질이 고약하며 고집이 세다고 솔직하게 말했기 때문이다. 자기에게 직접 이렇게 말한 사람은 처음이었으므로 메리는 크게 놀라고 언짢았다.

8. 미셀스와이트에는 메리의 호기심을 자극하는 일들이 많았고, 그것에 흥미

를 느끼게 되었기 때문이다.

9. 메리의 건강을 염려하여 마사의 어머니가 줄넘기 줄을 선물했다. 그 후 메리는 다른 사람에게 고마워할 줄 아는 마음을 갖게 되었으며 말투도 매우 부드러워졌다.

10. 줄곧 방에 갇혀 지내던 크레이븐 씨의 아들이자 메리의 사촌인 콜린이 아파서 지르는 비명 소리였다.

11. 누워만 있는 자신의 모습을 어머니에게 보이기 싫어서. 그리고 자신의 어머니를 다른 사람들에게 함부로 보여 주기 싫어서.

12. 어느 날 메리는 벤 할아버지가 일하고 있는 채소밭에 갔다가 벌새가 날아와 부리로 쪼아 대는 흙 속에서 열쇠를 찾았다. 또 바람이 세차게 불면서 문을 가리고 있던 담쟁이덩굴을 밀쳐 내서 발견하게 되었다.

13. 메리가 한 말로, 자신에게 혹 같은 것이 없는데도 혹이 있다고 생각하고 마음의 문을 닫은 콜린의 태도를 바꿀 수 있는 말.

논술 능력 Level Up!

1. 예시 : 메리의 어머니는 자신의 모습을 가꾸기 위해 자식인 메리를 전혀 돌보지 않았다. 동물들도 자기 새끼에게는 온갖 정성을 쏟는 걸 생각하면 메리의 어머니는 냉정한 사람이고 자기만 생각하는 이기적인 사람이기도 하다. 어릴 때는 어머니의 사랑이 많이 필요하다. 아직 성격이 다 만들어진 것이 아니기 때문에 사랑을 많이 받으면 온화하고 상냥한 성격을 갖게 된다. 그런데 어머니의 사랑을 받지 못하면 제멋대로 행동하고 사람들의 관심을 얻기 위해 난폭한 행동을 하곤 한다. 메리의 어머니는 그런 점에서 메리에게 큰 실수를 한 것이라고 생각한다.

2. 예시 : 메리는 부유한 가정에 태어나 어려서부터 유모와 하인들이 모든 일을 다 해 주었다. 그런데 부모님이 콜레라에 전염되어 갑작스레 돌아가시자 고모부 댁에 가서 살게 되었다. 혼자서는 아무것도 못 하던 메리는 마사와 디콘을 만나 많은 변화를 겪는다. 그러면서 차츰 심술쟁이에서 밝고 명랑하

고, 남을 생각할 줄 아는 성격으로 바뀐다. 또 자연을 사랑하는 마음도 갖게 된다. 만일 내가 메리와 같은 일을 겪었다면 정말 내 자신이 초라하고 외톨이가 된 기분이 들어 우울할 것 같다. 그렇지만 따돌림당하기 싫어서 밝은 표정을 지으며 사람들과 어울리려고 노력할 것 같다. 낯설다고 주눅이 들어 아무 말도 하지 않고 있으면 사람들이 싫어하고 더 불쌍하게 여기기 때문이다. 나 자신을 위해서라도 아무렇지 않은 것처럼 행동할 것이다.

3. 예시 : 메리가 처음 비밀의 화원을 발견했을 때 죽어 있던 화원에 다시 꽃들이 피어나 생기가 넘치고, 얼마 살지 못할 거라고 믿었던 자신이 다시 일어나 걷고 뛰는 등 기적 같은 일이 일어났기 때문이다. 나도 대단한 일은 아니지만, 그런 경험을 한 적이 있다. 친구네 집에 가서 본 게임기가 너무 멋있어서 나도 갖고 싶다고 생각한 적이 있었다. 다른 때와는 달리 너무 갖고 싶어서 기도까지 했다. 그리고 돈을 모아 살 생각으로 한 푼 두 푼 모으고 있었다. 그런데 어느 날 아버지가 출장을 가셨다가 선물로 바로 그 게임기를 사 오셨다. 나는 너무나 기뻐서 가슴이 터질 것만 같았다. 내가 부모님에게 그 게임기를 사고 싶다는 말씀을 드린 적도 없는데 텔레파시가 통한 것 같아 참 신기했다.

4. 예시 : 10년 동안 어둡고 심장이 터질 것 같은 나쁜 생각에 사로잡힌 채 병약한 아들도 돌보지 않고 방황만 하던 크레이븐 씨는 알아보지도 못할 만큼 건강해진 아들을 만나 기쁨의 눈물을 흘렸다. 그 눈물 속에는 감사함과 미안함이 뒤섞여 있을 것이다. 그리고 사랑하는 아내를 잃은 슬픔과 자신처럼 꼽추가 될지도 모를 아들에 대한 죄책감 때문에 자신을 비극의 주인공으로 내몰았던 후회도 담겨 있을 것이다. 만약 내가 크레이븐 씨라 해도 항상 자리에 누워 있던 아들이 걷는 모습을 봤다면 미안한 마음이 컸던 만큼 크게 기뻐했을 것이다. 그리고 다시는 아들을 혼자 외롭게 내버려두지 않고 함께 지낼 것이다.

5. 예시 : 어린 소년 라자 임금은 사치스럽게 루비 · 에메랄드 · 다이아몬드를 몸에 주렁주렁 달고 있고, 부하들을 마음대로 다루었기 때문에 부하들은 그의 말이라면 무조건 따랐다. 나의 주위에는 그처럼 약한 친구를 괴롭히고 못살게 구는 친구, 자기 마음대로 하고 남에게 심술만 부리는 친구도 있다.

그렇지만 서로 사이좋게 지내며 어려운 일이 있으면 함께 도와주려고 노력하는 친구도 있다.

6. 예시 : 마사의 어머니는 부드럽고 사랑이 넘치며, 아이들의 마음을 잘 이해해 주는 사람이다. 또 가난한 살림이지만 행복하게 사는 방법을 아는 사람이다. 나의 어머니는 잘못을 했을 때는 엄하게 야단치시지만 마사의 어머니처럼 나를 이해해 주려고 노력하신다. 또 내 생활이나 관심 갖는 일에 대해 알려고 하시고 고민을 들어주려고 하신다.

7. 예시 : 나만의 정원이 생긴다면 좋아하는 동물을 기를 것이다. 특히 강아지 여러 마리를 키울 것이다. 지금 사는 곳은 아파트이기 때문에 강아지를 여러 마리 키울 수 없어 섭섭했는데, 정원이 생긴다면 강아지들과 마음껏 뛰어놀 수 있어 좋을 것 같다.

8. 예시 : 메리는 마음에 들지 않는 행동을 하는 베즐에게는 못되게 굴고 외모도 못마땅해했다. 그런데 명랑한 디콘은 모든 것이 좋아 보이고 자신이 싫다고 생각했던 들창코나 파란색 눈도 좋아 보였다. 이를 통해 사람의 외모에 대한 판단은 주관적이고 별로 중요한 것이 아니라는 생각이 들었다.

9. 예시 : 찬성 - 콜린의 아버지는 사랑하는 아내를 먼저 저세상으로 보내고 슬픔에 잠겨 있었다. 게다가 콜린이 자신을 닮아 꼽추가 될 것이라 생각했다. 자신의 불행한 삶을 아들에게까지 물려주고 싶지 않았던 아버지의 고민과 방황을 이해할 수 있을 것 같다.

반대 - 아무리 자신의 처지가 불행하다고 해도 그는 한 아이의 아버지이다. 따라서 아이를 팽개쳐 두고 방황한다는 건 무책임한 행동이다. 밝은 마음을 가지고 어떻게든 잘 살아 보려고 노력했다면 좀 더 빨리 아들과 함께 행복한 삶을 누릴 수 있었을 것이다.

10. 예시 : 부모님은 건강하게 자라는 것을 가장 기뻐하실 것이다. 또 공부도 열심히 하길 바라신다. 또 형제들과 사이좋게 지내길 바라시고, 어른들께 예의 바른 어린이가 되기를 바라신다. 그러니까 항상 바르게 행동하도록 노력하고 성실하게 살도록 노력하면 부모님이 좋아하실 것이다.

초등학생이 꼭 읽어야 할 **세계 명작** 시리즈

01 어린 왕자 생텍쥐페리 글·그림
02 키다리 아저씨 진 웹스터 지음
03 문제아에서 천재가 된 딥스 액슬린 지음
04 그리스 로마 신화 토머스 불핀치 지음
05 셰익스피어 4대 비극 셰익스피어 지음
06 셰익스피어 5대 희극 셰익스피어 지음
07 탈무드 송년식 엮음
08 노인과 바다 헤밍웨이 지음
09 서머힐 A. S. 니일 지음
10 이상한 나라의 앨리스 루이스 캐럴 지음
11 데미안 헤르만 헤세 지음
12 파브르 곤충기 파브르 지음
13 돈키호테 세르반테스 지음
14 엄마 찾아 삼만 리 아미치스 지음
15 80일간의 세계 일주 쥘 베른 지음
16 수레바퀴 아래서 헤르만 헤세 지음
17 소공녀 프랜시스 호즈슨 버넷 지음
18 빨간 머리 앤 루시 모드 몽고메리 지음
19 톰 아저씨의 오두막집 해리엇 비처 스토 지음
20 백경 허먼 멜빌 지음
21 부활 톨스토이 지음
22 카라마조프가의 형제들 도스토옙스키 지음
23 마지막 잎새 오 헨리 지음
24 보물섬 로버트 스티븐슨 지음
25 정글북 루디야드 키플링 지음
26 제인 에어 샬럿 브론테 지음
27 장발장 빅토르 위고 지음
28 비밀의 화원 프랜시스 호즈슨 버넷 지음
29 15소년 표류기 쥘 베른 지음

30 안네의 일기 안네 프랑크 지음
31 마지막 수업 알퐁스 도데 지음
32 노트르담의 꼽추 빅토르 위고 지음
33 홍당무 쥘 르나르 지음
34 죄와 벌 도스토옙스키 지음
35 사랑의 학교 E. 데 아미치스 지음
36 주홍 글씨 너대니얼 호손 지음
37 동물 농장 조지 오웰 지음
38 여자의 일생 모파상 지음
39 시턴 동물기 어니스트 시턴 지음
40 폭풍의 언덕 에밀리 브론테 지음
41 걸리버 여행기 조너선 스위프트 지음
42 젊은 베르테르의 슬픔 괴테 지음
43 몽테크리스토 백작 알렉상드르 뒤마 지음
44 좁은 문 앙드레 지드 지음
45 전쟁과 평화 톨스토이 지음
46 사람은 무엇으로 사는가 톨스토이 지음
47 해저 2만 리 쥘 베른 지음
48 로빈슨 크루소 대니얼 디포 지음
49 올리버 트위스트 찰스 디킨스 지음
50 허클베리 핀의 모험 마크 트웨인 지음
51 플루타르크 영웅전 플루타르크 지음
52 베니스의 상인 셰익스피어 지음
53 작은 아씨들 루이자 메이 올컷 지음
54 삼총사 알렉상드르 뒤마 지음
55 소공자 프랜시스 호즈슨 버넷 지음
56 집 없는 아이 엑토르 말로 지음
57 지킬 박사와 하이드 씨 로버트 루이스 스티븐슨 지음
58 오페라의 유령 가스통 르루 지음

59 천로역정 존 버니언 지음
60 폼페이 최후의 날 에드워드 조지 불워 리턴 지음
61 피노키오 카를로 콜로디 지음
62 플랜더스의 개 위다 지음
63 로빈 후드의 모험 하워드 파일 지음
64 안데르센 동화 안데르센 지음
65 서유기 오승은 지음
66 바보 이반 톨스토이 지음
67 행복한 왕자 오스카 와일드 지음
68 하이디 요한나 슈피리 지음
69 호두까기 인형 E. T. A. 호프만 지음
70 크리스마스 캐럴 찰스 디킨스 지음
71 왕자와 거지 마크 트웨인 지음
72 오이디푸스왕 소포클레스 지음
73 안나 카레니나 톨스토이 지음
74 오만과 편견 제인 오스틴 지음
75 체호프 단편선 체호프 지음
76 피터 팬 제임스 매튜 배리 지음
아버지와 아들 투르게네프 지음
적과 흑 스탕달 지음
테스 토마스 하디 지음
프랑켄슈타인 메리 셸리 지음
위대한 유산 찰스 디킨스 지음
댈러웨이 부인 버지니아 울프 지음
도련님 나쓰메 소세키 지음
보바리 부인 플로베르 지음
플로스강의 물방앗간 조지 엘리엇 지음
캔터베리 이야기 제프리 초서 지음